선택된 자

선택된 자

지은이 | 인디고2형
펴낸이 | 임형오
펴낸곳 | 미래문화사

찍은 날 | 2014년 12월 30일
펴낸 날 | 2015년 1월 3일

등록 번호 | 제2014-000151호
등록 일자 | 1976년 10월 19일
주소 | 경기도 고양시 덕양구 삼송로 139번길 7-5, 1F
전화 | 02-715-4507, 02-713-6647
팩스 | 02-713-4805

전자우편 | mirae715@hanmail.net
홈페이지 | www.miraepub.co.kr

ⓒ인디고2형 2015

ISBN 978-89-7299-434-3 03810

선택된 자

인디고2형 명상집

미래문화사

사육되지 않는 그대에게

미래사회의 모습이 궁금한가요?
현재가 만들어 낼 미래는 당신을 매우 불편하게 할 것입니다.

인간을 제외한 종들은 멸종되고 있습니다.
바다의 어획고는 90퍼센트나 감소하였으며, 곡식의 유전자는
변형되고 컴퓨터와 스마트폰은 인간의 자존을 뿌리째 갉아내
고 있습니다.
빙하는 빠른 속도로 녹고 섬들은 잠기며,
자기장은 약해져 가고 오존층의 구멍은 커져갑니다.
그러나 이 순간도 탐욕의 의식이 세상을 지배하고 있습니다.
내가 돈을 벌 수 있는 법이 진정한 방법이라고 배우지는 않으
셨나요?

우리는 우리 스스로를 구원해야 합니다.
그것이 신성을 회복하는 길입니다.
그것이 깨어남입니다.
의지가 아닌, 의식의 변환

욕망이 욕망을 불러 더욱더 많은 것을 탐해야 하는 인간의 의지, 그 탐욕의 펜듈럼Pendulum을 끊고 새로운 세상으로 발걸음을 옮기세요.
언제나 어디서나 평화로움을 추구하십시오.
자비의 시선으로 바라보십시오.
가장 높은 곳에서 가장 낮은 곳을 소망하면서,

나는 당신이 더 이상 세상에 속지 않기를 부탁합니다.
나는 당신이 진정으로 행복해지기를 소망합니다.

–인디고2형

차례

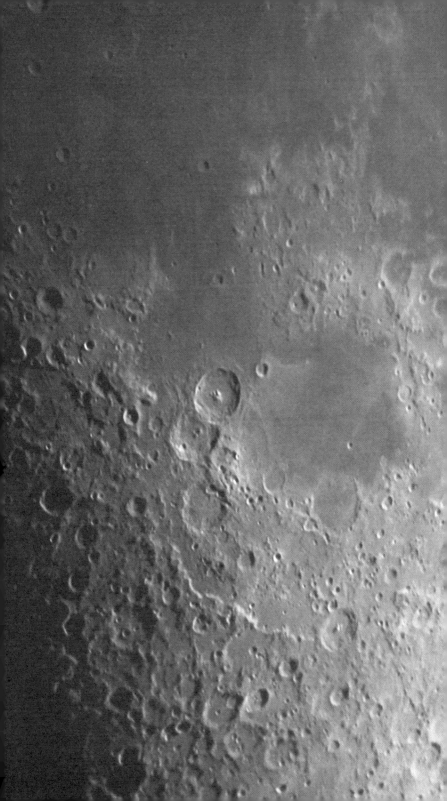

잊혀진 사람

사랑하는 벗이여!
반드시 기억해야 할 일이 있다.
우리가 우리로서 끝나는 것이 아니라 우리 자손들이 대대로
살아가야 한다는 전제가 있다.

지금 내가 아니라고 말한다면 그대는 비겁자이다.
우리는 할 수 있는 일은 최선을 다해야한다.
이 나라는 비정규직의 나라가 되어가고 있다.
그대가 만약 비정규직이 아니라면 자신의 목을 만지며 다행
이라고 할지 모른다.
그러나 그대의 자손들은 90퍼센트 비정규직일 것이다.

비정규직의 보수는 형편없다.
그들은 정규직의 절반 정도의 임금을 받는다.
그러나 진정 무서운 것이 그것이 아니다.

정신의 노예화,
아무런 자존을 논할 수 없는 처참한 정신세계가 구현되는 것

이다.

먹고 사는 것의 노예가 되어 마치 닭장의 닭처럼 어느 모이통의 먹이가 아직 남아있는지만 헤아리는 정신이 되어가는 것이다.

컴퓨터는 구분한다.
정규직과 비정규직의 코드를 구분한다.
그것은 누가 훌륭한지, 누가 아픈지, 누가 힘든지를 구분하는 것이 아니라 정규직과 비정규직만을 구분해 나가는 것이다.

그것의 주인은 충실한 개와 말 잘 듣는 노예가 필요한 것이다.
자유를 갈망하는 자는 제거되어야 하는 암세포로 인식한다.
나는 점점 무서워진다.
과연 나의 자식이 이런 계급사회에서 어느 위치를 가질 것인가?
그러기 위하여 나의 착한 아들은 얼마나 가슴을 태우며 억울해도 끊임없이 인내를 부르짖으며 오직 살아남기 위하여 굴종을 감내할 것인가?

님들아!

님들의 자식은 그러하지 않고 저 높은 사선의 꼭대기에서 골프나 호화요트를 몰며 어여쁜 파트너와 하이파이브를 하고 있는가?

님들아!

그대는 그대의 후대를 위하여 무엇을 할 수 있는가?

교묘한 시스템의 펜듈럼*을 끊어볼 이상은 없는가?

자유로운 이상과 세계관을 구현하기 위하여 시스템의 거미줄을 걷어 볼 용기는 없는가?

돈을 많이 벌면 행복할 것이며, 그것이 지상목표라고 누가 우리의 의식에 그런 바코드를 심었는가?

삶의 목적이 탐욕이라고 가르치는 시스템을 누가 조종하는가?

나는 오늘도 혁명을 꿈꾼다.

진정한 자유가 삶의 희망인 그런 지구를,

공존의 파동이 꿈인 그런 세상을 꿈꾼다.

나의 진정한 벗들이여!

고개를 들고 가슴을 펴자.
오늘을 위한 내일을 꿈꾸자.

* pendulum. 시계 따위의 진자나 흔들리는 추.

아디오스 연아……

당신이 있어서 참 행복했습니다……

어릿광대를 보내주오……

아디오스 노니노……

나는 너와 결혼하고 싶다.
딸 같은 네게 이런 말을 하는 나를 보고 사람들은 미쳤다고 하겠지.
그러나 현생에서는 이루어질 수 없는 사랑이기에 후생을 기약하겠다.
왜 그런 생각을 하느냐고 핀잔을 주는 이들에게 이런 변명을 하고 싶다.
나는 입으로 거짓을 일삼는 정치꾼들에게 깊은 환멸을 느낀다.

그들은 인간이 아니다.
그들은 세리이며 사기꾼이다.
그들은 자신의 거짓을 합리화하기 위하여 마치 파리의 손처럼 입술을 비빈다.

그 구멍에서 나오는 것은 악마의 검은 혀이다.

그러나 연아는 몸으로 말하는 법을 보여주었다.

몸은 거짓을 말할 수 없다.

어린 그녀에게서 진실 된 몸짓이 진실 된 언어로 바뀐다는 것을 배웠다.

나는 조국의 미래를 위해서 연아의 자식들을 생산하고 싶다.

이 땅의 모든 젊은이들은 연아와 결혼해야 한다.

그래서 정치에도 경제에도 교육에도 연아가 나와야 한다.

나의 욕심이 지나친 것일까?

나는 또 연아의 담백함을 사랑한다.

모든 진실은 단순하며 깨끗하다.

연아의 점프는 단순하며 깨끗하다.

우리의 정치와 사회의 모든 일들은 단순하지 않다.

그것은 깨끗하지 못하며 진실 되지 않기에 복잡하게 말들을 꼬아가는 것이다. 더러움과 부정과 부끄러움을 감추기 위하여 뭔가 비밀이 있는 듯이, 뭔가 백성들이 알면 안 되는 큰 일이 있는 것처럼 호도하고 꾸며대는 것이다.

그것이 가진 자들의 특권인양 착각하며, 그것이 능력인 것처럼 둘러대는 것이다.

뱀의 혀를 가진 자들이여!

연아의 진실 된 몸짓을 단 1퍼센트 만이라도 흉내 내려 노력해 보라.

나는 연아와 결혼하여 진정한 춤이 무엇인지 아는 유전자를 얻고 싶다.

모든 젊은이들은 연아의 담대한 심상을 기억해야 할 것이다.

억울한 판정에 흔들리지 않고 초연한 자세로 오직 자신의 언어를 말한 소녀,

나는 이 소녀와 결혼하고 싶다. 후생에서라도 나는 이런 여자를 아내로 맞고 싶다.

얼마나 많은 눈물과 땀이 베개를 적셨겠는가?

얼마나 많은 모함이 그녀를 괴롭혔겠는가?

형편없는 심판이 심판의 입이겠는가?

아마도 많은 사람들은 이 결과를 예측할 수 있었을 것이다.
아직도 어린 그녀가 겪었을 자괴감을 나는 짐작이나마 할 수
있을까?
그러나 어린 소녀는 그것을 넘어서서 마침내 청춘의 빛나는
날개를 펼쳐 보였다.
나는 모든 젊은이들이 연아와 결혼하기를 원한다.
나는 모든 대한민국을 걱정하는 아름다운 사람들이 연아와
동침하기를 청한다.

어릿광대를 보내주오…… 아디오스 노니노……

이제 우리는 연아를 보내 주어야한다.
그녀가 인간적인 사랑을 꿈꾸도록 천사의 옷을 벗는 것에 박
수를 보내자.

그녀는 아름답다.
탐욕의 좀비가 큰소리치는 세상에서 빛의 에너지가 건재함을
그녀는 보여주었다.

내일이면 떠나는 그녀를 위하여 헌사를 바친다.

그대는 진정한 우리의 꿈이었으며 희망이다.
그 희망이 우리의 자존이다.
연아의 발목 나이가 40세라니 놀랍다.
수십만 번의 점프와 회전으로 발목이 그리된 것을 사람들은
모를 것이다.

이제 너를 보내려 한다.
어릿광대를 보내주오.

아디오스 노니노……

너는 어릿광대가 아니라 나이팅게일이다.
너의 애잔함을 보고 나는 네가 지상의 언어로 말하지 않는다
는 것을 알았다.
그 언어는 모든 탐욕의 매트릭스를 부수며 우리의 가슴에 자
존과 희망의 날개를 저었다.

나는 너와 후생에서도 만나고 싶다.

이 땅의 모든 남자는 모두 연아의 연인이며 사랑이 되어야 한다.

그녀는 선구자이다.

나는 연아가 있어 밤새 설레었다.

나는 연아가 있어 행복했다.

안녕 연아야!

너는 나의 영원한 누이로구나.

나는 이렇게 들었다

줄탁동기啐啄同機*

님들아!
먼저 가슴속의 단단한 독을 꺼내라.
그것을 던져 깨라.
흔히 줄탁동기를 말한다.
그것이 마치 깨달음인양 기다린다.
누군가 그대의 부름을 듣고 알을 깨주기를,
그러나 진정 그대는 알을 깨고 싶은가?
아니다.
그대는 알을 깨고 싶지 않다.
그대는 알 속에서 안온한 고독과 나르시시즘에 절어 하루하
루 그렇게 행복과 사랑을 논하고 있다.
그대를 봉인하고 있는 것은
그대가 사랑이라는 믿는 한계와 행복이라고 잡고 있는 욕망
의 그루터기이다.
그래서 그대는 결코 알을 깨고 싶지 않은 것이다.

나는 이렇게 들었다.

그대의 지식이 풍부할수록 그대의 알껍데기는 단단하고 시스템은 완벽하다.

그것은 마치 상자 속의 다람쥐처럼 쳇바퀴를 돌리는 행위가 되는 것이다.

그것이 사육된 다람쥐에게는 행운일 것이다.

그러나 그대가 상자 속의 다람쥐가 아니라면?

그대는 줄탁동기를 원하는지 먼저 생각해보라.

그대는 단지 사람들에게 알껍데기를 깨쳤다고 이야기하고 싶을 뿐이 아닌지?

그대는 단지 보여주고 싶을 뿐인지 모른다.

그대의 상위자아가 그대의 목마른 호소를 듣고 문을 밖으로 열어주기를 원하지만 문은 안으로 닫혀있다.

그대가 문을 열었더라도 그 알껍데기를 버리지 않고 뒤집어 쓰고 다닌다면 혹은, 그 알껍데기를 사람들에게 보여주며 자랑하고 있다면 그대는 원래의 시스템 속에서 밖을 내다보는 사람이 되고 만다.

먼저 그대는 그대의 습속과 교육이 만들어낸 시스템을 버려 볼 줄 알아야 한다.
그대 가슴속에 단단하게 자리한 독을 밖으로 던져 깨 보는 것이다.

나의 말은 아무것도 진실이 아니다.
나는 아무런 진심도 없다.
프톨레마이오스가 천동설을 주장하던 시대,
그것을 믿는 사람들의 진실은 천동설을 바탕으로 진행되었을 것이다.
그것을 믿는 사람들의 진심은 뱃사람들이 일정한 거리 이상 바다로 나가면 떨어져 죽을 것임으로 죽지 않기 위해서는 돌아와야 한다는 가설 위에서 진행되었을 것이다.
나의 말이 진실이 없다고 하는 이유는 이와 동일하다.

차원의 변환이 이루어진다면 우리가 알고 있는 지식의 시스템은 오히려 우리를 가둔 감옥일 것이다.
전혀 다른 공식의 차원에서는 나의 진심이 그대를 가라앉히는 연자 맷돌이 될 수도 있을 것이다.

진정한 줄탁동기를 원하거든 그대는 지금 그대의 지식시스템을 멈추어라.

줄탁동기가 되었거든 그대는 그 알껍데기, 바로 마음속의 독을 완전히 깨버려라.

지식의 상자 속에 숨어서 쳇바퀴 돌리기를 멈추어라.

그것을 빨리 돌리는 일을 자랑스럽게 생각하던 의식시스템을 불태워라.

당신을 궁극적으로 먹여 살리는 것은 자연이며 우주의 힘이며 태양의 빛이다.

직장을 잃어도 또 다른 일거리를 찾을 수 있지만 태양을 잃는다면 우리는 모두 이 차원의 삶을 마감할 수밖에 없을 것이다.

우리가 사랑이라고 말한 조건과 행복이라고 알고 있던 소유의 형상화가 일순간에 사라져 버릴 것이다.

길을 걸어갈 때나, 혹은 서 있을 때 그대는 발뒤꿈치의 통로를 기억하라. 그 통로가 걸음을 내디딜 때 마다 땅과 이어지는 것이 인식되도록 하라.

그것이 그대를 지구어머니의 에너지와 연결시켜줄 것이다.

그대가 생각과 지식의 시스템 독을 내려놓았다면 새로운 지식과 새로운 차원의 의식시스템이 발현할 것이다.

발뒤꿈치의 통로가 곤륜산**과 우주의 빛으로 연결될 것이다.

가슴은 펴질 것이며 세상은 다시 진화되기 시작할 것이며 가장 완벽하게 당신을 가두었던 의식과 지식의 시스템이 무너지기 시작할 것이다.

마침내 봉인이 풀리기 시작할 것이다.

그대는 나의 도반이며 그대의 지식상자는 우주의 空과 우주의 빛으로 채워질 것이다.

사랑한다. 이것만이 진실이며 진심이다.

* 병아리가 알에서 나오기 위해서는 새끼와 어미닭이 안팎에서 서로 쪼아야 한다는 뜻으로, 선종禪宗의 공안公案 가운데 하나.

** 곤륜산은 아래 그림처럼 백회보다 뒤편에 자리한다. 실제로는 두상의 윗면과 뒷면의 경계라고 보는 편이 가깝다. 대주천으로 직접 호흡을 해보면 쉽게 이해할 수 있다. 백회와 인당 차크라가 소주천의 출발점이라면 대주천은 곤륜산이 통로가 된다. 그 통로로 우주에너지가 교통한다.

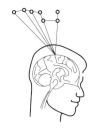

[그림 출처: 만탁치아, 《치유에너지 일깨우기》]

펜듈럼Pendulum

꼭두각시 인형의 줄

당신에게 필요한 것은 결단성이 아니라 한가롭고 태연한 결정이다.
당신의 불안한 마음은 순식간에 에너지의 불균형을 초래할 것이다.
우주의 에너지 법칙은 당신이 어떻게 되든 상관하지 않는다.
우주의 입장에서는 당신이 벼랑 아래로 추락하든, 안전한 곳으로 대피하든, 언제나 안정된 균형 상태로 되돌아가는 것뿐이다.
에너지의 균형을 잃어버린 당신은 결과를 선택하는 존재가 아니라 결과에 선택당하는 존재로 전락하고 마는 것이다.

우리는 빛의 전사로 싸워야 한다.
우리를 지배하는 정보와 언어의 펜듈럼으로부터 우리를 지키기 위하여 우리는 우리의 에너지를 밀집시켜야 한다.
사악한 무리들은 우리를 막다른 골목으로 몰아가고 있다.
우리는 만들어둔 결과에 선택당하는 존재가 되지 않기 위하여 지금의 펜듈럼을 걷어내야 한다.

개인의 능력으로는 힘들 것이라 생각할지 모르지만 지금 우리가 보고 있는 세상도 우리가 가진 생각의 에너지가 만들어낸 환상의 제국이다.
지금의 암울한 펜듈럼으로부터 우리를 지킬 수 있는 유일한 방법은 우리가 가진 긍정과 사랑과 평화의 에너지로 맞서 싸우는 것이다.
포기해서는 안 된다.
우리를 에너지의 불균형체로 만들어 추락하는 존재로 만들고자 하는 무리들로부터 우리는 우리를 지켜야 한다.
지상의 언어와 정보는 우리를 자포자기하게 만들고 불안과 공포의 에너지에 선택 당하게 만들고 있다.

이 시간, 그대는 그대 에너지의 주인이 되어다오.
그대를 파괴하는 펜듈럼을 끊을 수 있다면 그 에너지가 결코 당신을 노예로 만들 수 없음을 알게 된다.
당신이 진정으로 사랑과 평화의 에너지를 이해한 사람이라면 나의 말에 동의할 수 있다.

님들아!
함께 싸우자.
우리는 패배자가 아니기에 우리의 삶과 우리의 아들들을 이 사악한 에너지로부터 보호하자.

가슴을 열어라.
하늘을 보라,
우리를 지키는 에너지가 온 천지에 물결친다.
그 에너지에 춤추자.
사악한 무리들이 뿌리는 펜듈럼을 끊고 자유와 사랑의 에너지로 환원되자.
패배주의적인 에너지를 버리고,

신이,

자유가,

우주의 에너지가 함께 하고 있음을 알아차리자.

우리의 생각이 어쩔 수 없다고 포기할 때 우리는 사악한 에너지의 희생양이 되고 만다.
우리는 결코 이것을 용인해서는 안 된다.

암!
그렇고, 말고,
이겨야 한다.

우리의 강건한 에너지가 사악한 무리들이 뿌린 펜듈럼을 끊고, 자유와 평화의 에너지 장을 이 땅에 펼쳐 나갈 것이다.
우리의 자손들이 대대로 이 땅에 춤출 것이다.
패배주의자의 의식은 사악한 이들이 쳐둔 펜듈럼에 걸려든 것이다.

우리의 자존을 되찾자.
우리의 사랑을 되찾자.

단 한 명의 의인이라도 이 땅에 존재한다면 우리는 자존을 잃지 않을 수 있다.

그 의인이 바로 당신이다.

'아나스타시아'*를 기억하라.

그녀가 혼자서 상대하다던 어둠의 에너지를 기억하라.

이제 그녀가 하는 일에 당신도 동참하라.

어렵지 않다.

세간에 떠도는 정보가 만들어내는 펜듈럼의 이면에 도사린 에너지로부터 자신을 보호하라.

컴퓨터 화면을 보며 숨 쉬지 마라.

하늘을 보며 숨을 쉬라.

대기를 호흡하라.

그대의 존재를 사악한 존재들의 거미줄로부터 탈출시켜라.

그대가 가진 사랑과 평화의 에너지로 이 땅을 지켜내라.

님들아 !

어렵지 않다.

우리는 정보와 언어의 펜듈럼에 걸린 꼭두각시가 아니다.
마치 세상이 망할 듯이, 곧 전쟁이 발발하여 이 땅에 핵버섯
이 피어오를 것 같은 파동을 뿌리는 무리와 싸우자.
이 에너지가 모이면 거짓과 사악한 에너지의 펜듈럼은 불타
버릴 것이다.

님들아!
우리는 우리를 믿자.
보이지 않더라고 우리는 우리를 믿고 서로 손을 잡자.
그리고 이겨내자.
생각의 에너지는 우주를 창조한다.
또한 파멸시킬 수도 있다.
그 광대한 에너지에 공명하자.
우리는 그들이 원하는 에너지 불균형의 상태가 되지 않기 위
하여, 요설에 지나지 않는 정보와, 두려움에 떨게 하는 말의
바람으로부터 멀어지자.

님들아!

나는 믿는다.

당신을 믿는다.

우리가 만든 사랑의 에너지는 사이한 펜듈럼의 거미줄을 태워버릴 것을 믿는다.

나는 당신이 의인의 에너지에 동참할 것을 믿는다.

우리는 피신할 수도 피신할 데도 없다.

그러나 우리는 생각의 에너지로 그들과 당당히 맞설 수 있으며, 우리와 같은 에너지파동을 가진 이들의 힘을 결집할 수 있다.

나는 아나스타시아가 우리의 생각에너지에 교감할 것을 안다.

우리는 승리자이다.

쓰레기들이 뿌리는 더러운 에너지에 공명하는 우를 범하는 이들을 깨워서 빛과 사랑의 에너지에 공명하게 하자.

그것이 우리의 소명이다.

잊지 말아다오.

그대가 손을 내밀면 누군가 그대 손을 잡을 것이다.

그 에너지가 등 뒤에서 당신이 돌아보기를 기다리고 있다.

＊ 시베리아 타이가 깊은 숲속에서 태어나 홀로 야생동물의 보호를 받으며 살
아가는 여인으로 천리안적인 능력이 있다고 알려짐.

강가에서

나는 언젠가는 강가로 갈 것이다.
그 날이 그렇게 멀지 않을 것이다.
나는 강가에 앉아 노래하지 않을 것이다.
강물에 빠져 아무 두려움 없이 떠 갈 것이다.
삶은 정지가 아닌 순환,
누가 그대의 순환을 가로막는가?
그것은 오직 그대
그대만이 그대의 순환을 가로막는다.
강가에서 울고 있지 마라
그대여!
강가에서 울지 마라.
강가에 앉아 울고 있는 그대,
그대가 볼 수 있는 것은 오직 흘러가는 강물
그대는 왜 흐르지 못하는가?
누가 그대에게 흐르지 못하도록 말리는가?
그것은 오직 그대,
그대뿐,
나는 두려워 않고 그 강가로 갈 것이다.

그대여!
얼마나 아름다운가?
강가로 가다니

강가에서
저토록 푸른 강가에서
아무런 두려움 없이 강물에 빠지려 한다네.
님들아!
혹 그대도 강가에 가거든
강가에 앉아 울지 말고 저 아름다운 강물에 몸을 맡기자.
강물이 우리를 인도하리.
그것은 신의 손길
수많은 의혹과 불신을
혹은 풀리지 않는 욕망의 리듬을 버리고
강가로 가자.
신은 자비로우시다.
덩실덩실 춤을 추면서 저 강가로 가서
풍덩 몸을 던지자.

누가 강가에 앉아서 사랑과 청춘을 노래하리오.

우리는 그런 비겁자가 아니다.

강물에 풍덩 몸을 던져 강가에 앉아 울고 있는 무리를 비웃어라.

나는 알았다.

님들아,

나는 알았다.

내가 다시 돌아오리란 것을,

그것이 옳고 나쁜 것이 아니라

그냥 하나의 순환으로 나는 돌아올 것을 알았다.

무엇이 두려우냐?

너희 청춘을 노래하는 아름다운 젊은이들아,

나는 배가 없어도 저 강물에서 자유를 들었다.

오고 가는 것은 항구의 불빛이 아니라 우리

우리의 자유로운 영혼의 회귀

님들아!

나는 내가 돌아올 것을 저 강물에게 들었다.

그것이 신의 음성이라는 것을,

님들아,

나와 함께 저 아름다운 강가로 가자.

우리 손을 잡고 기쁨으로 강물에 몸을 맡기자.

흘러서, 흘러서

그리고 돌아오자.

흐르지 못하는 것이 어떻게 돌아오겠는가?

흐르지 못하는 것이 어찌 자유를 노래할 수 있겠는가?

그것은 저 강가의 어리석은 바위

우리 아름다운 강물의 노래에 춤추자.

동이 틀 때까지 미쳐 춤추자.

Wind of Himalaya

사랑하는 님들아!
잠시 안경을 벗고 나와 함께 바람소리 물소리를 들어보기 청한다.
우리의 마음이 얼마나 강퍅한지, 우리의 심상이 얼마나 경계하고 있는지,
너무 두려워 말자. 신은 틀림없이 가난하고 힘없는, 그리고 순수한 이들의 편일 것이다.
그것이 잠시 악이 득세하고, 정의가 무너진 것 같아도,
우리가 이 시기를 참고 견디기를 소망하실 것이다.

사랑하는 님들아,
바람소리, 물소리가 너무 좋구나.
이름 없는 자비가 강물처럼, 바람처럼 가슴에 넘치는구나.
무엇을 알고 무엇을 깨닫고 가 아니라, 그냥 내가 없으므로
사랑이 강물처럼 흐르는구나.

너무 아픈 님들아
잠시 그 짐을 어깨에서 내려놓고 나와 함께 저 새소리를 들어

보기 청한다.

그대들이 알고 싶은 것이 무엇이냐?

내일 세상이 망한다면 무엇을 할 수 있는가?

윤회나 천국을 진정하게 믿는다면,

그 믿음이 또 다른 별의 낮은 언덕 나무그늘 아래서, 바람의
노래에 춤추게 하리라.

항상 감사하라, 님들아

내가 가진 것이 무엇이며, 네가 없는 것이 무엇인가?

잠시 들고 있는 짐을 내려놓아라.

그 내려놓음이 그대를 자유케 하리라.

날이 흐리고 또한 진눈깨비가 날리더라도, 항상 아침은 밝다.

그 아침,

그것이 각성의 아침이다.

님들아

사랑하는 님들아

잠시 안경을 벗고 어깨에 둘러멘 짐을 내리고 나와 함께 저 바람소리, 물소리, 새소리를 들어보자.

아침은 이렇게 밝은 것,

각성은 바람 속에 춤추는 것.

그 무엇이 너를 춤추게 하지 못할지라도,

지금 아침이 밝아오고 있다.

님들아

항상 최고가 아닌 것이 무엇이냐?

오늘,

님들아

진눈깨비가 내리더라도

안경을 벗고 저 눈 내리는 들녘을 바라보아라.

그곳은 바람이 불고 있다.

그곳은 낙엽이 내리고 있다.

그곳이 어느 별인지 알 수 없지만 님들의 고향일 것이다.

가장 낮은 별도 가장 높은 별도

우주에서는 존재하지 않는 것.

너무 염려하지 말자.
님의 사랑이 영원한 것처럼
나의 사랑도 영원하다.

잊지 말아다오.
내가 없으므로 나는 님들에게 사랑한다 말할 수 있다.
감히 진실로.

이제 안경을 벗고 마음의 칼을 버리고,
바람소리, 물소리, 새소리를 들으며 잠시 길을 떠나보자.
오직 홀로 걸음으로 가장 다정한 님의 발소리가 아니겠느냐?

그립다.
그리운 것은 모두 사랑이다.
잊지 말자.
사랑이 진정한 힘이라는 것을
사랑이 진정한 깨어남이란 것을
우리가 변환하여 또 다른 별에서 만날 때

우리 얼마나 그리웠는지 눈물을 흘리며 손을 잡자.

님들아
진정으로 나는 님들을 사랑한다.

바라본다 단지 바라본다

내가 탄 버스에서 내리지 않고 다른 버스를 탈 수는 없을까?
나는 그대들보다 나은 것이 없다. 맹세코 나는 그대들에게 해
줄 말이라곤 없다.

보라.
산을 오르려는 이는 두렵다.
그래서 안내자를 찾는다.

그렇다.
나는 단지 안내자이다.
벗들이여!
나는 산으로 들어가는 입구를 알려줄 수 있을 뿐이다.
그 길이 오직 그대 홀로 가는 길임을 이야기해줄 수 있을 뿐
이다.

님들아!
시간이 점점 다가오고 있다.
그것이 어떤 시간인지 알 수 없지만,

나는 떠나야 한다.
무슨 미련으로 이렇게 미적거리고 있는지,

행성들은 정류장을 떠나고 있다.
어떤 행성도 한 정거장에서 멈출 수는 없는 것,
오고 가는 것은 당연한 일일 것이다.
그럼에도 나의 행성은 멈추어 있을 것이라는 이상한 아집
그것은 세상의 중심이 나라는 사고에서 출발하였는가?
상상적 현상학에 뿌리를 둔다면 결국 매트릭스에 갇혀 있고
마는 것이리라.

비가 내린다.
빗방울의 몽상이 가슴속에 피어오른다.
모든 것은 어쭙잖다.
쉬고 싶다.
내 척추관과 수정궁에 바람이 불고 있다.
아무것도 없다, 라는 말도 사라진 무극의 공간에,
수많은 행성들이, 항성들이 새로운 궤도를 찾아 분리되고 유

리된다.
나는 나이며 나는 너이다.

인간적인 것들이 바람에 날려간다.
투명한 감각,
유려한 정신의 배들이 빛의 바다로 떠나간다.

바라본다.
단지
바라본다.

날아오르자

날아라.
나의 친구들아
이제 날아오르자.
나는 것에 대해 우리는 얼마나 두려워하였는가?

날아라.
나의 친구들아
우리는 패배자가 아니다.
진정한 자유를 위하여 날아올라라.
전쟁을 부추기는 한 줌도 안 되는 세력이 우리를 장기판의 말로 만들고 있다.

지금의 상태가 통치자들의 잘못이라는 생각은 버려야 한다.
그들은 우리가 가진 아바타의 정직한 모습이다.
우리는 먼저 깨어나야 한다.

주한미군사령관 존 위컴은
"한국인들은 레밍(들쥐)과 같아 새로운 지도자가 등장하면 우르르 몰려든다."

이런 어리석음이 우리도 모르게 타인들에게 얼마나 많은 조소를 불러왔을 것인가?

이들이 우리를 생각하는 근본은 무엇일까?

친구들아,
우리가 깨어있다면 이것은 아무것도 아니다.
그러나 탐욕의 아바타를 내세우면서 존중해 주길 바란다면 또 얼마나 비웃겠는가?

친구들아,
우리는 언제 전쟁에 희생될지 모른다.
탐욕의 허기짐을 채우기 위해서 무엇이든 할 수 있는 의식들이 우리를 에워싸고 있다.
그것이 그들의 잘못이 아님을 알아야 한다.
우리가 탐욕을 위하여 달려온 길을 그들이 알기 때문이다.
책방에는 온통 탐욕의 지름길을 팔고 있으며, 모든 미디어에서도 그것이 종교인양 떠들고 있다.

그것이 우리에게 구원이 된 지 오래, 우리는 지금 우리가 걸어오고 행하였던 길의 종말을 보고 있는 것이다.

그대는 돌아갈 수 있는가?
정의로운 철학과 담대한 자존으로.

우리에게 새로운 통치자를 뽑으라면 우리는 다시 우리의 아바타를 뽑게 된다.
과연 어떤 아바타가 나타날 것인가?

친구들아,
날아오르자.
진정한 우리의 자존을 찾는 길은 우리가 깨어나는 길뿐이다.
목을 매고 있는 탐욕에의 유혹을 과감하게 벗어나자.

이웃에게 권하길 무엇이 이 나라를 이렇게 만들었는지 그대는 설득하라.
우리는 지금 전쟁이 아니더라도 절체절명의 위기에 봉착했다.

부동산은 적어도 반의반 토막이 될 것이며 식량값은 폭등할 수밖에 없을 것이다.
잡을 물고기는 사라지고 기후와 환경은 시시각각 농작물을 피폐 시킬 것이다.

어떤 해결책을 찾아야 하는가?

자연으로 돌아가자.
훌륭한 여건 속에서 살던 사람은 힘들 것이다.
그들은 마치 사람이 동물로 변하는 느낌이 들 것이다.
그러나 그것이 진정한 삶이라는 것을 아는 사람은 그 생활이 행복할 것이다.
우리는 자연으로 돌아가야 한다.
그것만이 해결책이다.
자연과 하나 되어 사는 삶,
탐욕의 고리를 끊고 자유를 찾는 삶,
그것은 자연 속에 있다.
그 치유가 자연 속에 있다.

자연으로 돌아갈 수 있는 자만이 선택될지도 모른다.

왜냐하면, 새로운 세상은 모든 식물과 동물이 함께 대화하는
세상이 열릴 것이기 때문이다.
깨어있는 이는 그들과의 교감을 당연시한다.

친구들아,
우리 모두 날아오르자.
한없이 기쁘게 날아오르자.

당신은 선택되어질 것인가?

많은 사람들은 그들이 다니는 길을 그 길이라고 했다.

나는 믿지 않았다.

몰려가는 그 길의 끝에는 탐욕의 파멸이 있었다.

우리는 파멸의 골짜기로 달려가는 것이다.

그것에 정당성을 끝없이 부여하면서 그것만이 살아남을 수 있는 유일한 길이며 길에서 머뭇거리는 이들을 비웃는다.

보라!

길의 끝을 보라.

저들이 몰려가는 길의 끝을 보라.

벼랑 끝에서 음모의 승리와 탐욕의 황금소를 들고 기뻐하는 저들을 보라.

그것에서 구원을 찾은 저들의 눈을 보라.

무서운 광기가 휘감는다.

악마의 자식들이 몰려온다.

온갖 예물을 들고 그들을 구원해줄 우상을 찬미하는 저들을 보라.

날름거리는 뱀의 혀를 보라.

샤머니즘에 지나지 않는 기도의 탐욕
아무도 우리를 구원하러 오지 않는다.

그날이 오면,
우리는 돌아가지 못하고 슬피 울며 우리의 몸이 불타는 매캐
한 그을음을 볼 것이다.
우리가 마시는 물에서 유황이 끓어오르며 부글거릴 것이다.
사랑의 이들이여!
평화를 꿈꾸는 이들이여!

우리는 우리가 가는 탐욕의 길을 정당화하지 말자.
그대는 어떤 길을 예비하였는가?
그대 가슴속에 불타고 있는 것은 무엇인가?

신은 자비로우신 것이 아니다.
신은 선택자이다.
신이 선택하는 것에 관하여 우리들의 기도는 얼마나 어리석
은 것일까?

순종과 충성,
이런 삼류적인 언어로 선택을 구하지 말라.
각성의 아침은
우리가 자연의 일부에 지나지 않음을 알고 보리수나무 아래
섰을 때,
나무의 이파리가 속삭이는 것을 들을 수 있을 때,
바람의 노래가 향기로울 때,
비로소 알 것이다.
선택이 입에 붙은 자비나 사랑이 아니라,
또 다른 세상을 위하여 평화와 사랑의 유전자가 갈무리된 자
들을 선택하는 것이다.

어떤 것이 진정한 평화의 유전자인가?
그대는 진정한 사랑을 춤추어 본적이 있는가?

그대에게 꽃 한 송이 내민다.

그의 말이 얼마나 아름다운가?

예수는 시인이었다.

그는 어려운 말을 하지 않으며 아름다운 비유로 신의 메시지를 설파하였다.

그렇다.

선각자들은 시인이며 몽상가이다.

이론과 지식과 지혜라는 그물에 걸린 이들에게 그들은 허황된 몽상가로 비쳤다.

갈매기 조나단은 무리로부터 추방당한다.

꿈을 꾸고 실현하였다는 죄목으로 버림받은 것이었다.

그러나 그의 꿈은 몽상이 아니다.

그는 새로운 종족을 만난다.

나는 스승도 아니며 선각자도 아니다.

단지 꿈을 꾸는 사람에 지나지 않는다.

나의 지식과 지혜는 여러분들보다 매우 무디다.

나는 오랫동안 어부를 꿈꾸었다.

먼 바다로 나가 많은 고기를 잡는 어부가 아니라 그냥 낚시나 드리우며 고기와의 대화를 꿈꾸는 철없는 아이였다.

오늘 수많은 어부들을 만난다.

새로운 그물, 정교한 통발 뛰어난 고기잡이 기술, 빠르고 튼튼한 배를 보여주며 어부는 이런 것이라고 말해주었다.

사람들은 빛나는 그물과 낚시, 아름다운 미끼에 환호하고 갈망하였다.

사람들은 스승을 만났으며 진정한 지혜와 가르침을 얻었다고 환호하였다.

얼마나 많은 이들이 스승이며 제자인가?

해가 수평선에서 또 다른 해를 잉태하여 황금양탄자를 깔 때,

고기잡이배에서 사람들이 만선의 노래 부를 때,

나도 바닷가에 앉아 노래를 부른다.

고기들을 위한 노래,

그들의 마음을 알고 있는 노래,

진심된 파동에 가슴이 설레는 저녁노래.

그들에게 노래를 들려주고 싶다.

해가 수평선에서 사라지고 어둠이 천천히 주위를 감싸면 별들이 탬버린을 친다.

아아!

님들아,

얼마나 아름다운가?

모두 나를 미쳤다고 손가락질하며 바구니에 펄떡거리는 생선을 가득 담고 불빛 휘황한 소음 속으로 사라질 때,

홀로 바닷가에 앉아 이토록 순진한 고기들과 성게와 거북이, 자신의 이름도 모르고 빛나는 별들에게, 노래를 부르고 있는 가난한 마음이,

사람들이 사라지고 그들의 밝음도 사라졌을 때,

마침내 고기들이 춤춘다.

지구의 리듬에 맞춰, 별들의 탬버린에 맞춰, 어리숙한 내 노래에 추임새를 넣으며

노래는 마침내 우주의 노래가 된다.

님들아!

마음이 가난한 고기들의 노래를 들어보라.

타향의 먼바다에서 온 늙은 흰수염고래의 노래를 들어보라.

" 꽃은 잎에서 나오지 않는 것

  꽃은 열매를 위한 아름다운 춤

  잎에서 꽃이 나오지 않는다는 사실을 기뻐하라.

  수많은 지식에서 꽃이 나오지 않음을 기뻐하라.

  스승과 제자는 존재하지 않는 것

  그들은 사랑하는 연인이로다.

  앞서간 자가 스승이며 뒤에 따라오는 자가 스승이로다.

  무엇을 안다고 노래하지 마라.

  무엇을 모른다고 노래하지 마라.

  그대가 안다고 말하는 순간, 제자에게 따르라고 말하는 것
  이나 같다.

  길의 모든 목적지는 자유를 위한 비상

  하나의 꽃이 피어나는 것은 또 다른 창조가 시작된 것이다.

  나무에서 꽃이 나왔으나 꽃은 잎이 변환된 것이 아니다.

  꽃은 새로운 세계의 탄생이다.

  그것은 다음 세대를 위한 사랑의 힘이다.

  아무것도 따르라 말하지 마라.

  지금

처음의 푸른 하늘로 어린 송골매처럼 날아올라라."

지식과 이론으로 자유를 얻을 수 있을 것이라는 상상은 잎이
계속 뻗어 나가면 꽃이 될 것이라는 위험한 상상이다.

님들아.
예수는 말한다.
"나의 멍에는 쉽고 가볍다."
그대는 이 말을 반드시 기억하라.

예수가 말하는 나의 멍에가 바로 자기 자신의 멍에를 말한다.

Will You Be There

님들아!

지금
피가 마르는 고난 혹은 뼈가 갈라지는 고독, 혹은 불타는 분
노로 몸을 지탱하기가 어려우면 나와 함께 잠시 이 이야기를
들어보자.
처녀귀신 목맨 소나무 아래에서 나는 탕자의 비유를 들었다.

오두막 같은 시골교회의 젊은 전도사는 아무리 죄를 많이 지
어도 돌아오기만 한다면 아버지가 버선발로 뛰어 나와 맞아
주신다는 말씀을,

그렇게 신이 자비하시다는 것을,

그러나 나는 충실하고 신실한 형이 아버지께 책망을 들어야
하는 이유와 가산을 창기에게 탕진한 작은아들에게 송아지를
잡아 잔치를 열어 환영하는 이유를 알 수 없었다.

오늘 다시 탕자의 비유를 들었다.

작은아들은 자신이 가질 수 있는 모든 것을 가지고 광야로 나아간 것이다. 그것이 자신을 보호하고 더욱 강건하고 행복하게 해줄 것이라고 확신하며 광야로 나아간 것이다.

그러나 보라, 그것은 아무런 보호막이 되지 못하고 곧 그는 가장 낮은 자로 추락하고 만다. 돼지가 먹는 쥐엄열매로 주림을 해결하고자 하였으나 그마저 허락되지 않는다.

우리는 오늘 우리가 가진 모든 눈에 보이는 것들이 우리를 구원하리라 믿는다.

마치 배를 머리에 이고 강을 건너가는 사람처럼,

머리에 이고 있는 지식과 명예와 재물이 행복이라는 방정식 그것이 탕자의 떠나감에 관한 비유이다.

우리가 손에 들고 있는 것은 우리를 구원하지 못한다. 그래서 "부자가 천국으로 가는 것은 약대가 바늘구멍을 통과하는 것보다도 어렵다."

집을 나간 아들은 혹독한 멸시와 가장 비천한 생활 속에서 비로소 모든 생명은 공존하며 아무것도 낮거나 높지 않다는 것을 알게 된다.

님들아!
그것이 각성이며, 변환이다.
그래서 아들은 돌아올 수 있었다.
그 어떤 것도 자신의 것이 아님을 깨달은 것이다.
그는 종으로 살기를 희망하여 집으로 돌아온 것이다.
종은 주인의 뜻대로 사는 것이다.
우리는 우주의 에너지로 순례하는 것이다.
우리는 우주의 세포이기 때문에 언제나 신의 노래로 춤추는
것이다.
배를 타고 강을 건너면 배에서 내려 빛이 가득한 오솔길을 걸
어 가야 하는 것이다.

모든 것을 버린 후에야 비로소 얻어지는 영혼의 자유,
그것이 천국이며 윤회이다.

그대는 배를 머리에 이고, 이빨을 악물고 강을 건너고 있지는

않은가?

님들아!
나는 들었다.
온갖 것들을 충실히 수행하고 모든 것들을 소유한 형의 에고
무엇을 하였으므로 당연히 보상받아야 한다는 무지
에덴의 동산에서 문제가 되었던 탐욕의 족쇄를 형은 가슴 깊
이 감추고 있는 것이다.

그는 결코 변환하지 못할 것이다.
조나단을 추방하는 갈매기들처럼 무리의 의식 속에서 헤어
나오지 못하는 것이다. 에덴동산에서 추방된 아담과 이브처
럼 소유의 바벨탑이 목적이 된 것이다.

님들아!
우리가 온갖 고난과 외로움, 혹은 분노와 증오,
뿌리를 알 수 없는 아픔 속에 있다면 그것이 우리를 변환시키
기 위한 신의 선물임을 자각하라.

얼마나 멋진 일인가?
신의 진정한 선물을 알아볼 수만 있다면, 그것은 곧 행복이
된다.
그것이 변환이며 각성이다.

그러나 그대여
그것이 한없는 자괴와 원망만 된다면 더욱 큰 고통으로 신은
그대의 변환을 시도하게 된다.

그것이 무엇이든.

Nirvana

님들아!
오늘!
오늘은 아름다운 날이다.

춤추어라
그대여! 춤추어라
사랑은 춤추는 것,
이성과 지식, 혹은 지혜도 한갓 죽은 상상의 너울
함부로 사랑에 관하여 설파하지 말라.
사랑에 주린 이는 사막을 걸어가는 것과 같다.
그 사람에게 섣부른 지식으로 발자국을 논하지 말라.
그는 목마르고 춥고 허기지다.
그에게 사랑이 아름답다 말하지 말고
그대가 쉬고 있는 아카시아 그늘로 인도하라.
방금 오아시스에서 길어 온 생명수를 내밀어라.

그대여!
사랑은 춤추는 것

사랑을 춤추어 돌고 도는 것
주는 것이 사랑이라 착각하지 말라.
연못이 넘쳐나 흐르는 것을 주는 것이라 말하지 말라.

그것은 단지 넘쳐나는 것
사랑은 넘치는 연못이 아니다.
사랑은 지혜가 아니다.
그것은 강물이다.
전체의 흐름
흘러서 자연스럽게 가는 것이다.
칩 하나에도 못 미치는 지식을 갈무리하여 마치 진실을 아는
듯 설파하지 말라.
그것은 창고지기가 창고의 쌓인 물건을 자랑하는 것이며
사막의 목마른 방랑자에게 코란을 설파하는 것이다.

보라!
사랑은 춤추는 것
우주에서 보라.

너의 앎이 얼마나 우스운 것인가?

그래도 네가 보이지 않거든 더 높이 올라가라.

우리는 결코 안다고 말하면 안 되는 것을 알 것이다.

우리는 "가고 있다." 라고 말해야 한다.

우리는 "흐르고 있다."라고 말해야 한다.

사랑을 설파하는 이여!

함부로 사랑에 관하여 논하지 말라.

입에서 나오는 사랑이 사랑이라고 말하지 말라.

사랑은 오직 그대의 에너지가 아름답게 타오르는 것

그대의 에너지가 아름다운 공명으로 변화된 것

시시각각 시간이 흐르는 것을 사랑이라 말하지 말라.

사랑은 현재의 떨림,

오직 순간의 떨림

과거와 미래가 우리의 것이 아님을

나는 매 순간 고백한다.

얼마나 우스운가?

그대에게 "사랑한다."라고 고백하다니

그러나 보라.

그대는 누구를 사랑하는가?

그대가 알고 있는 그대의 머릿속에 계산되어진 사랑이 무슨 의미가 있는가?

그것이 단지 살아가는 방법의 하나임을,

그대들이여!

진정 사랑은 끝도 무게도 없는 아름다운 공명

누가 사랑을 느낄 수 있는가?

어리석은 이들은 진정한 사랑을 업신여긴다.

그래서 헌신적인 사랑을 느낄 수 없다.

그들은 신의 사랑을 곡해하며 석가나 예수의 가르침을 오직 이론으로 또 이성으로 그것들을 분해하고 조립하여 설파하려 한다.

사랑이 지식이나 지성, 혹은 지혜가 됐을 때, 그것은 사라진다.

사랑은 공명이다.

우주에서 보면 그것은 또 다른 형태의 성숙이다.

그대들아!

우주의 파동에 춤추어라.
그것이 사랑이다.
저 빛의 에너지에 공명하라.
변환된 이는 춤추어진다.
변환된 이는 울음이 터져 나온다.
그저 춤추고 노래하며 순간순간 기쁨으로 손을 내민다.
사랑을 받아들이지 못하는 어리석은 이에게 우리는 무엇을
줄 것인가?
그에게 말하자.
자신을 용서하라.
수많은 상처가 그를 조각하기 위하여 신이 주도한 선물임을
이야기하자.

그대여!
먼저 자신을 용서하라.
지나간 흉터를 붙잡고 노여워하는 그대를 용서하라.

머릿속에 존재하는 미래를 두려워하며 떨고 있는 그대를 용
서하라.
자신을 용서하지 못한 사람이 어찌 남을 용서하겠는가?
자신을 사랑하라.
자신을 사랑하지 못하는 사람이 어찌 남을 사랑하겠는가?

세상에 사랑을 설파하는 모든 이들이여!
사랑에 관하여 함부로 말하지 말라.
다정한 그대의 손을 내밀어라.
그 손이 한없이 따뜻하기를.

그리운 이에게

님들아!
지상에 그랬더라면,
이것이 왜 존재하지 않는 것일까?
나는 왜 세월이 가면 갈수록 외로워지는 것일까?
그 외로움은 인간에 대한 외로움이 아니라 무엇인가 그리운
것이 심장에 흘러간다.
가장 깊은 그리움이 가장 깊은 고독이라는 단순한 사실을 나
는 왜 인정하기 어려운가?
내가 그대가 그리워 연락한다면 그대는 나를 얼마나 주책이
라고 할 것인가?
그러나 그대가 그리워 망설이다 전화를 하고 핀잔을 듣고
내용도 없는 쪽지를 보내고 답장을 기다린다.

오늘도 한 잔 술에 기대어 석양을 맞이한다.
얼마나 기쁜지,
얼마나 가슴이 차오르는지,
그대는 모르지,
늦가을,

저 들판을 달려가는 바람이 나의 한숨인가?

나는 그립다.
내 고향은 어디일까?
태고에 나는 정말 태어나 있었던가?
우주의 저 깜박이는 별이 내 어머니란 말인가?
어머니는 얼마나 아프게 나를 낳고 키우셨는가?
불쌍한 어머니를 평생 원망하며 산 세월,
이제야 그녀가 얼마나 아프고 얼마나 힘들고 얼마나 외로웠
을지,
비로소 그것을 안다.

님들아!
부모에게 정성을 다하라.
가장 못난 부모일지라도 그들은 그대를 지상 최고의 보물로
알고 있을 것이다.
그래서 부모는 지상 최고의 스승이며 부처이다.
오늘은 바람이 분다.

거짓으로 흐르는 강물을 잠시 밀쳐두고 우리 이 별에서 오늘 휴식을 취하자.
서로 아픈 다리를 주무르며 정겹던 옛날의 강물을 흘려보자.
그대는 잠시 교감신경을 마비시키고 어리석은 나와 사랑을 하자.

이 시간,
이 시간이 우리 만남의 정점,
어느 것도 모자라지 않고 어느 것도 넘치지 않는다.
그대는 억울한가?
깊이를 알 수 없는 한이 그대의 심장을 옥죄는가?
용서하자.
그것은 그대의 심장에 크나큰 죄를 짓는 일이다.
왜 자신의 죄를 심장에게 전가하는가?
신의 에너지를 생산하고 그대에게 사랑이라는 무한의 동력을 전달하는 심장에게 그대는 왜 죄를 뒤집어씌우는가?

님들아!

나는 들었다.
그대가 흠 없는 양이 아니라 죄 많은 늑대라는 것을 알았다.
세상에서 가장 죄 많은 늑대가 바로 나이다.
나는 한순간,
이것이 회개라는 것을 알았다.
인정하는 것,
그것은 음에서 양으로 돌아서는 것을 말한다.

나는 꼭 동동주를 담그는 것을 배워야겠다.
그대들이 오면 한 잔씩 내밀어야지.
그대들은 내 잔을 외면치 말아다오.
휴식은 잔을 들면서 시작되리.
그렇지, 사랑은 잔을 들면서 피어오르지.
얼마나 내가 그대를 사랑하는지,
오늘 밤은 벌겋게 군불을 지피자.
그대가 저 먼눈 내리는 광야를 건너오면서 얼어붙은 발을 녹
일 수 있도록,

나는 믿는다.
진실이 반드시 이길 것을,
신은 우리가 이 시련으로 지혜와 슬기를 단련시켜,
썩은 물을 흘려보내고 정화된 물로 흘러갈 것을,
나는 믿는다.
사랑하는 님들아.
용기를 잃지 말아다오.
우리가 가슴 찢어지는 분노에 치를 떨어도, 그 시련이 신의
사랑임을 알아채자.
오롯이 우리의 깨어남을 위한 선물임을 기억하자.
얼마나 기쁜지,
나는 그리움에 잠 못 이룬다.

사랑한다.
그것만이 나의 진실이다.
오늘은 그냥 사랑하자.
눈을 감고 사랑의 노래를 들어보자.
손을 내밀어 그대의 따뜻한 손을 잡는다.
고맙다 그대여.

깨달음

님들아!
나는 사람들이 말하는 깨달음을 알지 못하지만 그래도 누군가에게는 나의 진부하고 천박한 경험이 도움이 될까 해서 언어로 옮겨보고자 한다.

언어는 현존하는 인류의 상상과 교육으로 만들어진 3차원의 교통수단이다.
현재의 삶에서 다른 차원으로 시야를 넓히기 위해서는 반드시 언어의 벽을 넘어야 한다.
언어 속에 갇혀서 공자 왈, 맹자 왈, 하는 것은 마치 우물 속의 두레박들이 부딪히는 소리 같은 것이다.

만약 그대가 한 번 깨달았다고 느껴지면 온 세상을 얻은 듯, 혹은 온 삼라만상을 통달한 듯 소리칠 것이다.

그러나 두 번 깨달았다고 느껴지면 조금은 허공을 짚는 느낌이 들 것이다.
그래도 큰소리로 사람들에게 외칠 것이다.

"나는 깨달았다. 나는 무엇을 알았다. 나는 선각자다."

세 번 깨달았다고 느껴지면 무엇인가 대단한 사람이 된 느낌이 들것이다.
그래서 사람들에게 설파할 것이다.
세상은 이런 것이며 세상 이치는 이러하다.
나의 이치는 진실하며 나의 깨달음은 완전하다.

그러나 네 번 이상 깨달음이란 느낌을 인식하면 조금은 조심스러워진다.
어!
이상하다.
내가 올라간 나무가 가장 높은 줄 알았는데, 나무에 올라가보니 주변엔 온통 더 높은 나무가 즐비한 것이다.
나무 아래에서는 어떤 나무가 높은지 볼 수 없었을 뿐이란 것을 알게 된다.
또한 나무 위에 있으면 다른 곳으로 이동할 수도 없음을 깨닫게 된다.

마치 곰에게 쫓긴 사람처럼 내려올 수도 올라갈 수도 없는 안타까운 신세가 되는 것이다.

그는 나무에서 내려올 수밖에 없음을 깨닫는다.

다섯 번을 깨우친 사람은 산을 오른다.

산 정상은 나무 위보다 한층 높으니 그것이야말로 깨달음이라고 생각하며 부지런히 오르기 시작한다.

고행과 수행이라는 짐을 메고 고통과 땀으로 자신을 채찍질할 것이다.

그러나 마침내 또 정상에서 깨달았다고 외치는 순간, 보게 될 것이다.

산꼭대기에서 보면 주변에 더 높은 산이 가득하다는 것을,

마침내 그는 자신의 자각이 깨달음이 아니었다는 것을 깨닫는다.

그래서 그는 깨달음을 버리고 순례하기 시작한다.

지나가다 만나는 고행자를 보면 그는 깊은 읍소로 경의를 표한다.

나무를 오르니, 더 높은 나무가,
산을 오르니, 더 높은 산이,
정상에는 새들이 더 높이 날고,
새들 위에 구름이 날고,
구름 위에 달이 날고,
달 위에 태양이 날고,
태양 위에 별이 날고,
별 위에 은하수가 흐르고,
은하수 위에 우주가 흐르고,
우주 위에 또 다른 우주가 돌고,
그 우주들이 모여 우주시를 만들고,
우주시가 모여서 우주나라를 만들고,
우주나라들이 모여서 우주의 강이 되고,
그 강물이 내 집 앞의 개울이 되어 흘러,
나는 그 개울에서 고기를 잡는다.
백 번의 깨달음이 있었다면 고개를 숙이리라.
천 번의 깨달음이 있었다면
마침내 깨달음이 무엇인지 모른다고 고백하리라.

모든 것이 하나이며 모든 것이 오늘이다.
완벽한 지혜로 무장한 그대에게 나는 무슨 말을 할 수 있으리.
그저 고맙고 그저 감사하다.

오늘 내 집 앞, 개울에서 발을 씻고
시린 막걸리 한 잔 내밀어야지,
그대여!
막걸리나 한잔 하세.
얼마나 좋은가?

오늘 이 꽃바람이,
오늘 이 술 향기가,
오늘 이 즐거운 노래가,
오늘 이 농염한 사랑이,

편지

사랑하는 님들아!

나는 편지를 보낸다.

어떤 것들을 믿고 믿지 않는다는 개념을 버려다오.

지금은 차원의 문제를 말한다.

세상의 모든 시스템들이 한계에 이르고 우리의 미래는 암담한 현실이 된다.

사람들의 마음속 악이 임계점에 이르고 있다.

남은 죽어도 상관이 없으며 어떤 일도 자신과 관계되지 않으면 복불복으로 치부하고 만다.

그대는 어디에서 구원을 청하는가?

진리와 구원의 끈을 찾아 헤매고 있는가?

그대를 구원해 줄 것은 무엇인가?

신앙이나 종교, 혹은 진리와 경전, 돈이나 명예, 권력과 지식인가?

님들아!

지금 열 개의 문 앞에 그대가 서 있다고 가정하자.

하나는 욕망의 문
하나는 명예의 문
하나는 권력의 문
하나는 열등의 문
하나는 치부의 문
하나는 금욕의 문
하나는 도덕의 문
하나는 철학의 문
하나는 종교의 문
하나는 사랑의 문

그대가 선택한 문은 어느 것인가?
마음속으로는 망설일 것이다.
그리고 모범답안처럼 사랑의 문을 선택할지도 모른다.
그러나 그것은 허위이다.
왜냐하면 그대가 알고 있는 사랑이라는 개념 자체가 인간사
회가 심어준 매트릭스이기 때문이다.
다른 문을 선택한 이도 매한가지이다.

사람들은 자신의 진동수에 공명하는 문을 열 뿐이다.

사기꾼들은 먼저 사기 칠 대상을 공명시킨다.
그 달콤한 말에 공명된다는 것은 그런 욕망의 진동수가 그대의 마음속에 파도치고 있기 때문이다.
어쩌면 사기당한 그대가 사기꾼인지도 모른다.
당신이 선택한 문은 당신의 진정한 자아가 아니라 누군가 그대의 뇌리에 심어둔 주문일 것이다.
다시 말하면 제시한 문들을 선택하고자 하는 의식 자체가 철저한 매트릭스라는 것이다.

사랑하는 님들아!
그대를 구원할 사람은 그대뿐이다.
구원이라는 것이 어떻게 하면 살아남을 것인가? 하는 것이 아니라 새로운 차원을 이해하는 것이다.
진정한 사랑은 새로운 차원의 꽃이다.
사랑과 공존과 평화가 펼쳐지는 새로운 패러다임을 이해하는 것이다.

그것을 이해하는 것이 바로 그대가 그대를 구원하는 것이다.
이 말에 공명이 된다면 그대는 나의 사랑하는 벗이다.
상하가 없으며 좌우가 없으리라.
사이하고 사악하며 욕망과 열등감으로 무장한 종족으로부터
자신을 지키라.
그들에게서 결단코 자비를 구하지 말라.
그들은 당신의 사랑과 선함을 철저히 짓밟으리라.
당신의 나약함을 즐기며 천천히 말려 죽일 것이다.

사랑하는 님들아!
그대는 강철같이 단호하며 담대해져야 한다.
사악하고 열등에 찬 무리로부터 당신이 사랑하는 사람과 당
신의 가족을 지키기 위하여 냉정한 이성과 냉철한 판단으로
무장하라.
거짓 정보와 탐욕의 혀로부터 그대는 스스로를 보호하라.
새로운 차원의 사랑과 평화를 창조하기 위해서 그대는 먼저
자신을 바로 세워라.
그대 자신이 그대의 중심이 되기 위하여 허위와 거짓된 예언

과 부화뇌동하는 그대의 어리석음을 깨끗이 치워라.

나는 새로운 차원의 사랑과 평화,
그리고 공존의 차원을 말하고 있다.
이것이 지금 삶에서 그대 스스로 반드시 지켜내야 할 의무
이다.
스스로 일어서라.
아무도 그대를 일으킬 수 없다.

누군가 그대에게 속삭이기를,
그대에게만 비밀을 말한다고 하거든 그를 반드시 경계하라.
그는 사기꾼이다.
이제 봄이 오고 있다.
당신의 몸에도 마음에도 정신에도 봄이 오는가?
봄비가 포근하고 촉촉하게 내리는가?
봄이 되었어도 그대에게 봄은 오지 않고 있는 것은 아닌가?
괜찮다.
그대여!

그대에게도 나에게도 우리 모두에게도 봄이 오고 있다.

그대가 봄을 맞이하려 않기에 그대에게 봄이 오지 않는 것이다.

가슴의 창을 열고 두꺼운 커튼을 걷어라.

아름다운 봄이 오고 있다.

그대를 되살리는 봄비가 내리고 있다.

낙원으로

"당신은 지금 먹고살기 위해 낯익은 상자 위에 앉아서 동전을 구걸하고 있다. 사실 그 상자 안에는 생존에 필요한 재산은 물론이고, 도저히 꿈도 꾸지 못했던 어마어마한 보물이 들어 있다. 하지만 당신은 전혀 그것을 모른다.

당신만이 아니다. 미국을 비롯한 전 세계의 수많은 사람들이 똑같이 그러고 있다. 과체중, 만성피로, 알레르기, 우울증, 소화불량처럼 사소하지만 걱정스러운 건강문제를 해결하기 위해 도움을 청하고 있는 당신은 어쩌면 이런 문제가 심혈관 질환이나 암, 비만, 면역장애 같은 문명병으로 악화되지 않게 막아야 할지도 모른다. 아니면 더 젊고 생기 있어 보이고 노화를 늦추고 싶을 수도 있다. 그런데 문제는 당신이 구걸하는 푼돈이 약물처방과 수술이라는 것이다. 당신은 의사나 제약회사, 광고가 약속한 도움을 기다리면서, 손을 내밀어 얻을 수 있는 것들을 받아들인다.

그러나 진실은 이와 다르다. 병을 고치는 힘은 훨씬 가까운 곳에 있고 당신은 이미 그것을 가지고 있다. 때문에 처방전이나 치료법, 비용이 많이 드는 전문가는 필요하지 않다. 사실 그 힘은 당신이 앉아 있는 바로 그 상자 속에 있다. 당신의 생계 수단인 그 익숙한 상자는, 천부적인 지능으로 움직이는 당신의 '몸'이다. 그리고 상자 속의 엄청난 보물을 당신이 태어날 때부터 이미 가지고 있었던 활기 넘치는 '행복'과 '長壽'다." -알레한드로 융거-《CLEAN》

시간은 점차 파손되어간다.
시간이 파손되어가는 것은 그대의 몸이 파손되어 가는 것이다.
그것은 노화이다.
노화가 나쁜 것만은 아닐 것이다.
아름답고 정결하며 성숙한 노화는 지극히 성스러울 것이다.
그러나 문제가 되는 것은 질병이나 스트레스로 인한 원하지 않는 파손이다.
분명한 것은 자신이 원하지 않는 파손은 곧 불행이라는 우물 속으로 스스로를 가라앉게 만든다.
또한 원하지 않는 파손은 지속적으로 정신을 파손시킨다.

현대인들의 몸은 파손되고 있다.

그것이 스트레스나 질병, 혹은 화공약품으로 절여놓은 음식, 인공적인 물, 오염된 공기, 정의롭지 못한 시스템과 나쁜 정치로 인한 정신의 굴욕으로 천천히 때로는 급속하게 파손되고 있다.

파손된 몸은 곧 정신을 파손시키기 시작한다.

건강한 신체에 건강한 정신이라는 말은 타당한 말이다.

바른 호흡은 이 과정을 정지시킨다.

바른 호흡은 우리의 몸을 순수한 상태로 되돌린다.

보물창고를 열고 보물을 꺼내 당신의 몸을 치유하고 씻어내는 작용을 시작한다.

사람들은 나의 말을 거짓이라고 생각한다.

그것은 당신에게 이미 원하지 않는 파손이 상당히 진행되어 있는 상태이기에 바른 것이 바르게 들리지 않는 것이다.

몸이 아닌 뇌의 탐욕이 그대를 매트릭스 속에 가둬버린 것이다.

님들아!

오늘은 나와 함께 해변으로 가자.

정겨운 파도소리를 들으며 맨발로 모래를 밟자.
바람은 얼마나 모래를 빛나게 하는가?
햇빛은 파도를 무지개로 만든다.
당신이 아름다운 사람이라고 믿는다.
그래서 이렇게 우리는 바닷가를 걸어가고 있지 않은가?
내가 그대에게 줄 것이라고는 몇 가지 풍경과 음악, 그리고
'사랑한다.'라는 메아리 없는 속삭임뿐이다.
그래도 얼마나 고마운가?
나의 말을 들어주다니,
맹세코 고백하기를 오늘 당신이 행복하기를,
저 흔들리는 해변에서 고요히 빌어본다.

우리는 얼마나 낮고 높은가?
지금 그대의 마음속에 자유와 평화와 사랑의 속삭임 들리기를,
그것이 나의 바람이며 기도인 것을 알아채기를,
언제나 고마워요.

거짓말

이토록 소리치면 들리는가?

목이 쉬도록 사랑의 기술을 소리치면 탐욕과 사랑을 구별할
수 있겠는가?

그대는 세상이 망하기를 마음속으로 기도하는 것은 아닌가?

천재지변이나 우주의 격변, 혹은 기상이변이나 전쟁으로 세
상이 망하고 그대는 살아남아 아담과 이브가 되는가.

이런 상상은 좀 매혹적이지 않은가?

우리의 몸이 나무고 우리의 정신과 마음이 열매면 우리는 또
다른 낙원에서 어린싹으로 새 삶을 시작할 것이라는 상상은
어떨까?

우리의 몸이 불타서 마침내 순수한 정금의 진동수로 변환하여
우리의 상상을 넘어선 현실을 탄생시키는 상상은 어떠한가?

지상의 삶은, 보다 튼실한 씨앗을 맺기 위한 공부며 반드시 그
과정을 배우고 익혀야 하는 의무교육이라는 상상은 어떤가?

땅 위의 모든 희로애락이 필수과목이며 그 속에서 진정한 사
랑과 평화와 기쁨의 본질을 깨달아야만 더 높은 공부를 위하
여 다른 차원으로 갈 수 있다는 상상은 멋지지 아니한가?

얼마나 가슴 두근거리는 일인가?

지상의 삶이 공부라니,

지상의 삶이 소풍이라니,

아아!

지상의 삶이 행복한 노동이라니,

그대여,

그대는 지상의 삶을 꿈이라고 생각하는가?

그렇다면 그대는 무슨 꿈을 꾸고 있는가?

지상의 꿈은 사랑과 평화와 행복과 기쁨이라는데,

그대는 도대체 어디서 무슨 꿈을 그토록 깊이 꾸고 있는가?

지상의 모든 일이 환희와 날아오름, 미소와 따뜻함일진대

그대의 꿈은 혹시 종말인가?

만약 지구적인 종말이 온다면 나는 옷을 스스로 벗어보려 노력할 것이라네.

그대는 무엇을 하겠는가?

만약 새로운 세상을 맞이한다면 당연히 옛날 옷은 벗어야 하지 않겠는가?

마음을 깨끗이 닦고 새 옷을 입어야 하지 않겠는가?

나는 맹세코 지상에서 최선을 다하고 싶다.

열심히 씨를 뿌리며 행복하게 낚시를 하고 싶다.

그래서 지상의 공부를 마치고 싶다.

내가 먹을 만치 기쁘게 수확하고 저녁이면 감사의 기도를 하고 싶다.

매일 종말이 올 것처럼 두려워하고 있지 않으리라.

그저 최선을 다해 살아갈 뿐,

그저 최선을 다해 사랑할 뿐,

내가 누구를 구원할 수 있다는 말인가?

누가 나를 구원할 수 있다는 말인가?

사악한 지도자들이여 들어라.

너희의 탐욕이 영원히 너희를 속박하리라.

어리석은 이들이여 들어라,

그대들이 꿈꾸던 세상이 지상에 펼쳐지고 있다.

그것이 곧 종말이다.

그대는 종말 속에 있는 것이다.

복 있는 이들이여 들어라,

자연으로 돌아가라,

그 속에 진정한 구원의 삶이 있다.

그대를 구원하는 것은 타인이 아니라 자신이 얼마나 축복받은 자인지 아는 데 있다.

현재의 삶에 최선을 다하는 자,

세월이 흘러 자연의 진동수에 공명하는 자,

그 삶을 아는 자는 선택된 것이다.

이 글을 읽는 그대가 한없이 평화롭기를.

얼마나 아름다운가?

불타는 화산이,

죽음과 삶을 넘나드는 별들의 운항이,

그로 인하여 내리는 빛의 향연이,

꽃의 바람이,

한 잔의 커피가,

포장마차의 소주 한 잔이,

따뜻한 당신의 손이,

어머니의 젖가슴 같은 흙의 감촉이,
하늘에서 내려오는 찬란한 빛의 은혜가,
아!
나는 얼마나 감사한지,
늘 춤을 추고 싶다.
그대여! 내게 세상의 종말을 말하지 말아다오.
나는 한 마리 독수리처럼 날고 싶다.
그렇게 유유히 하늘을 날아가고 싶다.

진정한 구도자

그대여!

더 이상 구도의 길은 없다.

교회에도 절에도 암자에도 벙어리타령에도 목탁에도 찬송에도 경전에도 구도의 길은 없다.

홀로 동굴에 앉아서 밤을 새워도 신은 대답이 없다.

단지 핼쑥한 귀신들만 몰려와 그대의 진기를 빨아 치운다.

그것이 환상이며 미래를 보여주었다고 나불대는 이들이여!

귀신놀음을 집어치워라.

무당놀음을 집어치워라.

어둠 속의 환영을 꿈꾸는 이여,

그대가 귀신을 부른다.

갈데없는 불쌍한 귀신들이 모여들어 그대의 양기를 빨아 치운다.

빛으로 나오라.

사당에 앉아 귀신을 부르지 말고 오직 빛으로 나오라.

허황한 꿈을 믿지 말고 현실을 보라.

하찮은 귀신들의 내림굿으로 여린 중생들을 호도하는 목회자여!

무당놀음을 그만두라.

진정한 구도는 그대의 지금 삶에 있다.

우리의 삶이 진정한 구도의 길이다.

온갖 음모와 고통, 고뇌와 갈등과 오욕 속에서 살아남기 위한 처절한 인내,

벌어 먹일 식솔들을 어깨에 메고 새벽의 거리로 나서는 그대,

바로 그것이 진정한 구도이다.

고난과 불신, 부조리에 대항하여 최소의 양심을 지키기 위한 그 노력이 바로 구도이다.

목탁소리에서 구도가 나오는가?

산속에서 홀로 독야청청하는 입술에 구도의 길이 있다고 주절대지 말아다오.

지금,

우리의 식솔과 공동체의 삶을 위해 허리가 휘고 온갖 굴욕과 거짓에 대항하며 땀을 흘리는 그대,

한 푼의 돈을 아끼기 위하여 버리기 직전의 상한 과일을 사는 그대,

그대여!

진정한 나의 벗이여!

우리가 처한 현실이 바로 구도의 길이다.

하루, 하루

살아서 닦아가는 몸과 정신,

견디어가는 숨쉬기

이것이 진정한 구도의 길이다.

누구도 그대의 편이 아닐지라도 숨쉬기는 그대를 보살핀다.

어깨에 진 무거운 짐을 내리고 잠시 호흡에 나를 맡겨보라.

호흡의 에너지가 나를 사랑할 수 있도록 허락하라.

쓸데없는 매트릭스의 환상에서 호흡은 지금의 그대를 찾아줄 것이다.

삶이 그렇게 길진 않지만 우리를 진정한 구도의 길로 안내한다.

배우고 사랑하며 춤추는 그대의 길이 아름답다.

언제나 중심으로 돌아오게 하는 숨쉬기는 그대를 정직한 구도의 길로 안내하리라.

얼마나 아름다운가?

우리의 삶이 구도의 길이라니,

내일 우리의 길은 또 얼마나 아름다울 것인가?

빛이 우리의 길에 함께하리라.

어둠이 만들어낸 환상을 경계하라.

씨를 뿌리고 길을 가는 그대여!

가족의 따뜻한 식사를 위하여 어깨에 무거운 짐을 진 이들
이여!

그대가 곧 구도자이다.

그 구도의 길에 호흡이 함께하리라.

호흡이 그대를 신뢰하게 하리라.

호흡이 그대를 어두운 에너지로부터 해방시키리라.

오늘이 얼마나 아름다운가?

하늘에서 꽃비가 내리고 있다.

할렐루야

사랑하는 친구야!
네게 한 번도 편지하지 못하였구나.
미안하다.

어린 시절,
생존의 본능만으로 헤엄쳤던 그 시절,
네가 쑤기미의 독가시에 쏘여 죽을 것 같은 고통을 호소할
때, 나는 아무것도 해줄 수 없었지,
지금 생각하니 너무 어렸던 것 같아.
석현아,
진정한 친구야,
출근길 차 속에서 나는 네게 말을 한단다.
삶이 공포와 고난과 도전과 모험, 굴욕과 인내의 연속이었다
고 말이야.
나의 못남이겠지,
그렇지만 사람들이 우리 어린 시절을 공감하기는 어려울 거야.
너무 힘들었거든,

네 동생이
"히야! 돈 많이 벌면 내 고치줄끼제"
아직도 귓전에 맴도는구나,
정현이는 하늘나라에서 행복하겠지,

네 누이가 청각장애인에게 시집갈 때도 우리는 아무 말이 없
었지,
이자 누나가 보고 싶구나,
사는 것이 무어 그리 힘들었던지,
네가 일당 오십 원을 받고 선반공이 됐을 때,
개울가에서 보여주었던 청산가리는 지금도 기억해,
"엄마가 욕하면 죽어버릴라고 넣어 왔어,"
"나는 너무 힘들어"
"죽고 싶어"

석현아!
네가 손가락이 잘려 왔을 때,
나는 내 엄지손가락을 만져보고 있었을 거야.

네 엄지가 반쯤 잘려 있었거든,

사는 게 뭐라고,
참 사는 게 뭐라고,
할머니가 찬방에서 목숨을 사위어가던 고향에서, 친구들의
동정을 구해 서울로 가며 나는 이렇게 외쳤어,

"인생은 끝없는 도전과 모험이야,"

그러나 지금은 그때의 미숙함으로 한없는 자괴감에 시달려,
조금만 철이 들었어도 그런 결정을 하진 않았을 거라고 말
이야,

석현아!
지금도 너를 생각하면 미안해,
얼마나 우리가 처절했던지,
아무도 모르지,
개울가에 앉아 왜 살아야 하는지 이야기할 때,

배는 왜 그리 고프던지,

네 동생이 살인을 했을 때,
나는 그것이 어린 날의 사랑결핍이 만들어 낸 정서교란이란
것을 금방 알았어,
그런데도 나는 아무 말을 할 수가 없었지,

왜냐하면,
너는 나에게 사랑을 준 사람이었거든,

내게 말하길,
"친구야, 너는 나의 영원한 멘토야."

친구야!
그렇지 않아,
내 가슴에는 네가 베풀어준 모든 것들이 사랑이었어,
지금도 혼자 운전을 하면 너와 이야기를 해,
"석현아, 나의 전 삶은 도전과 모험과 전쟁이었어,"

결핍의 시절,
그 비참함이 어디에서 온 건지,
왜 그렇게 배고프고 왜 그렇게 힘이 없었던지,
이제야, 희미하게 그 원인을 알게 되었어,
그것이 사랑의 결핍이란 것을 아는 데 40년이 걸린 거야,

학창시절, 때때로 노숙을 했지,
사람들이 버린 구두를 주워 신었지,
다른 것이야 말해 무엇하겠나,
그래도 나를 생존케 한 것은 오직 하나,
내 마음속의 등불이었어,
그 등불의 기름이 바로 너였지,
바로 네 사랑이었어,
너의 태산 같은 믿음이었어,

친구야!
이제 살만한 지금,
출근하는 차 속에서 네게 말해,

"나의 전 삶은 도전과 모험과 전쟁이었어."

"그 시간 네 믿음이 나의 방주였어."

"지금도 너는 내 사랑의 한 축으로 굳건하게 자리하고 있음을
고백하고 싶어."

선택받은 자

내가 심은 씨앗과 새가 먹은 열매의 씨앗 중 어느 것이 잘 자랄까?

씨앗에게 적당한 물과 잡초를 제거하면서 꽃이 피면 바람에 흔들리지 않도록 지지대를 세우고 그래서 열매를 맺으면 나는 열심히 일했고 그래서 열매가 튼실하게 익었다고 사람들에게 말할 것이다.

새가 열매를 먹고 그 씨앗이 배설물에 섞여 어느 들판이나 야산에서 뿌리를 내려 자연의 에너지가 충만한 열매를 맺었다면 새가 그 열매를 키웠다고 자랑할 것인가?

진실로 씨앗에게 뿌리를 내리게 하고 우리의 삶을 지탱하게 하는 열매를 맺도록 한 것은 누구인가?
계절이 끊임없이 순환되도록 지구를 공전케 하며 밤과 낮을 위하여 자전케 하는 힘은 어디에서 왔는가?
바람은 식물을 운동시키며 폭풍은 더욱 튼튼한 뿌리를 키우고 뜨거운 태양은 과실의 속살에 축적될 것이다.

자장가처럼 내리는 비는 식물에게 젖을 물리며 어서 커라고
재촉했을 것이다.

이것이 나의 능력인가?
이것이 새의 능력인가?
아니다.
나는 단지 자연과 우주의 빛에 자비를 구한 것이다.
새는 우주의 법칙 속에 사는 것일 뿐이다.
우리는 우주의 법칙으로 이렇게 춤추는 것이다.
마치 내리는 빗방울이 바람에 춤추는 것처럼,
사랑하는 사람들아!
깨어나라.
개화는 그리 어려운 일이 아니다.
신의 목소리를 들어라.
사랑의 노래를 들어라.
그 깊은 골짜기에서 울지 말고 빛의 노래를 들어라.
얼마나 그대는 그대의 구속을 위하여 탐욕스러운가?

신은 그대를 굶기지 않는다.
신은 그대를 버리지 않는다.
단지 그대가 귀를 막고 그대가 신을 버리는 것이다.

신은 사랑의 에너지이다.
그것이 우리를 빛으로 나아가게 한다.
온갖 음모와 탐욕의 매트릭스 속에서 그대가 얻은 것은 탐욕의 에너지일 것이다.
내 말에 귀를 기울이는 그대여
새로운 출발을 이해하라
변환의 에너지에 순응하라
껍질을 벗고 맨몸을 빛의 축복에 맡기라.

두려워 마라.
신은 자비하시다.
가장 낮은 이로부터 가장 높은 이에게도,
원래 높고 낮음이 존재하지 않았기에 그러하다.
높고 낮음은 그대가 만들어낸 탐욕의 매트릭스에 지나지 않는다.

명심하라.
그대는 선택되었다.
그대가 그대를 선택하는 것이다.
그 에너지가 변환을 이끌어 낼 것이다.
죽음과 삶, 가난과 부가 평행한 것을 알게 할 것이다.

Good bye

가슴이 찢어짐을 두려워하여 자신을 벗지 못한다면 우리는 새로이 태어나기가 어려울 것이다.

우리가 우리의 에고를 버린다는 것은 가슴이 찢어지는 아픔을 동반하는 것이다.

얼마나 무섭고 얼마나 아프고 얼마나 고통스럽겠는가?

그것은 새로운 세상을 모르기 때문이다.

그곳은 그대가 가보지 않은 세상이기 때문에 결코 그대의 에고와 이별할 수 없는 것이다.

단언컨대 새로운 세상은 그대의 상상 속에 존재하지 않는다.

그것은 상상이나 의식, 혹은 그려지는 세상이 아니기 때문이다.

차원의 변환은 그러한 고통이 뒤따른다.

나는 질문을 받았다.

그는 영적으로 성숙한 사람이었다.

그러나 나는 그러하게 성숙한 사람을 보지 않았기에 수정궁을 열어서 대화해 본적이 없다.

나는 그와 대화하면서 무엇인가 이상하다고 생각되었다.

그는 나와 일상의 대화를 원하는 것이 아니었음에도 나는 오랜 습관인 일상의 의식으로 말한 것이다.

어느 순간,

나는 부끄러웠다.

그것은 나의 교만이었다.

나는 이별을 고해야 했다.

그것은 나와의 이별이었다.

그 아픔은 가을날 어두운 계곡의 신음 같은 것이었다.

많은 사람들은 고유의 주파수를 가지고 있다.

자신의 사이클로 들리지 않는 주파수는 잡음이나 소음으로 들을 뿐이다.

그것이 자신보다 높거나 낮거나를 따지지 않고,

그대가 만약 진정으로 자신과 이별하였다면 모든 사람들의 소리가 들려야 한다.

그것들에 한없는 자비가 내려야 한다.

그렇다.

나무나, 바람이나, 동물이나, 식물이나, 파도나, 가장 못난이나 가장 잘난 이의 목소리가 들려야 한다.

호흡은 그것을 가능케 한다.

그것이 가능하지 않은 호흡이라면 그대는 스스로의 호흡을
다시 돌아보라.

그것은 본능적인 태아의 호흡에너지가 아니라 그대 스스로
만들어낸 의식의 에너지임을 자각하라.

님들아!

오늘의 이별을 기뻐하라.

오늘의 들려짐을 기뻐하라,

소통은 시시각각 네 수정궁을 두드리리라.

그렇다.

가장 작은 이별도 그대에게 자양분이 되리라.

그대의 뿌리를 튼튼하게 하리라.

나와 이별하는 이 시간,

내가 사랑하는 것은 무엇인가?

나는 어둠 속에서 날아오른다.

그것은 사랑이다.

그것은 평화이다.

사랑하는 이여!
그대와 이별하는 것은 무엇인가?
그대가 이별하는 이유는 그대의 무엇을 위함인가?
나는 단지 사랑한다.
그것만이 우리에게 평화를 가져다준다.

빨간 알약

지치고 힘듦이 있다면 잠시 기대보라.

너의 호흡을 몸에 맡기고 네 가당찮은 에고를 바라보며 몸이 원하는 호흡에 아무 의심 없이 너를 맡기라.

매트릭스에 갇히는 것은 너를 의심하면서부터이다.

너를 속이면서부터 그대는 매트릭스의 미로에서 영원히 헤매게 된다.

그대는 충분히 행복하지 않은가?

권세나, 명예. 혹은 부나 가진 것을 버리라는 이야기가 아니다.

가진 것이 얼마나 감사한 지 숨 쉬는 것이 얼마나 기쁘고 행복한지, 오늘 그대가 내민 손을 잡은 사람이 얼마나 고마운 사람인지.

그대여!

빨간 알약을 두려워 말라.

진실로 두려워할 것은 노예의 삶이 출세이며 행복이라고 굳게 믿고 있는 그대의 의식이다.

진정한 의식은 그대 내부에 꽃으로 바람으로 숨 쉬고 있다.

그 호흡을 강제하지 않도록 하라.

섣부른 지식과 정보,
일천한 앎의 감옥이 얼마나 가증스러운 것인지,
오늘 그대는 알도록 하라.

그대는 혹시,
사흘만 굶으면 강도나 살인을 합리화시킬 의식이 준비되어있
지는 않은가?
사용하고 나면 버려야 할 육체를 위하여 모든 것을 바치는 그
대여!
오히려 몸의 자연스러움에 동참하는 것이 진정으로 그것을
위하는 길은 아닐까?
무엇을 버리고 무엇을 정화시키라는 것이 아니다.
오늘의 아름다운 빛과 꽃의 향기를 느끼라는 것이다.
그것으로 충분하다.
그것으로 그대는 변환한다.
빨간 알약은 그대에게 이미 주어져 있다.
그것이 바른 호흡이다.
그대의 의식이 아닌 무의식의 체계가 보유한 정직한 호흡기

관의 운동,

그것이 그대를 지상으로 돌아오게 하는 빨간 알약이다.

그대의 탐욕 어린 의식은 어디에서 왔는가?

공존을 인정치 못하는 의식의 종착역은 어디일까?

그대여!

깨어나라.

깨어나서 흙을 밟아라.

빛을 맛보아라.

나무에 물을 주고 꽃의 향기를 기꺼워하라.

진정한 것을 주어도 어리석은 이는 결코 받아들일 수 없으리라.

에고가 철저히 그를 방어해줄 것이기 때문이다.

파란 알약의 달콤함에서 헤어 나올 수 없으리라.

그러나 그대가 육체와 이별해야 하는 순간,

영혼의 공부를 위하여 육체가 존재했다는 사실을 알 것이다.

그대는 수명이 다해 고장 난 자동차에서 내려 새로운 자동차의 운전석으로 옮겨갈 용기가 있는가?

그것을 가능하게 해주는 것이 호흡이다.

나의 말은 그대에게 바치는 진정한 선물이다.

쓸데없는 싸구려 예언에서 자신을 보호하라.

하루에도 몇천 가지 예언이 쏟아지리라.

그중에 몇 가지는 당연히 맞아야 하지 않겠는가?

미래는 정해지지 않았다.

그것은 당신이 변함으로 변하는 것이다.

당신이 아름다운 나무라면 그곳은 낙원의 정원으로 바뀔 것이며, 당신이 가시덤불에 지나지 못하였다면 그곳은 불의 지옥일 것이다.

아름다운 자연을, 우주의 법칙을 거부하는 불순물이라면 그것은 당연히 도태될 것이다.

그러나

그 시간은

바로 당신이 정하는 것이다.

왜냐하면 당신은 영원히 변환하는 에너지의 결합체이기 때문이다.

보다 높은 차원의 주파수에 두려움 없이 공명하라.

나는 아무것도 그대에게 줄 것이 없다.
단지 그대가 선택한 것을 가져갈 뿐이다.

모피어스 : 운명을 믿나?

앤더슨 : 아뇨.

모피어스 : 왜지?

앤더슨 : 나 자신의 삶을 통제할 수 없으니까요.

모피어스 : 무슨 뜻인지 알아. 자네가 온 이유를 말해 볼까.
뭔가를 알기 때문에 온 거야.
그게 뭔지 설명은 못 하지만 평생을 느껴왔어. 세상이 뭔가
잘못됐다는 걸 말이야.
알 수 없는 뭔가가 있어. 조각조각 깨진 파편처럼 마음속에
있는 그것이 자넬 미치게 만들지. 그 느낌에 이끌려 온 거야.
뭘 말하는 건지 알겠나?

앤더슨 : ……
매트릭스요?

모피어스 : 그게 뭔지 알고 싶나?
매트릭스는 모든 곳에 있어. 우리 주위의 모든 곳에. 바로 이

방안에도 있고, 창밖을 봐도 있고, TV 안에도 있지. 출근할 때도 느껴지고,
교회에 갈 때도, 세금을 낼 때도 있어.
진실을 못 보도록 눈을 가리는 세계란 말이지."

앤더슨 : 무슨 진실요?
모피어스 : 네가 노예란 진실.

생명호흡

생명호흡

신은 그대 문 앞에 무릎을 꿇고 눈물을 흘리고 있다.
지금 문을 열고 신의 음성을 들어라

오늘 이 모임이 이 땅의 새로운 의식혁명으로 출발될 것을 저는 믿습니다. 사람들의 물질만능 의식으로는 나라와 민족의 영속이 어려우리라 생각합니다. 여러분들은 지식적으로나 인격적으로 저보다 훨씬 훌륭하신 분들입니다. 또한 자신의 전문분야에서 일각을 이루신 분들이기에 제가 강의한다는 것이 매우 송구스럽습니다.

단지 저의 몸이 시련을 극복하고 호흡의 이치를 알게 되어 이 강의를 하는 것입니다. 부족한 부분이 아직도 많을 것입니다.

그리고 저로서는 지금 이 깨달음이 저의 한계일 것입니다.
멀지 않은 시각,
더욱 정화된 의식으로 여러분을 뵐 수 있으리라 생각합니다.

밤하늘에 보름달이 떠오르면 천 개의 강이 빛납니다.

여러분들은 이제 강의 의식을 버리고 보름달의 의식으로 깨어나야 합니다.

제가 첫 연재를 시작할 때, 시집스님은 반대하셨습니다. 그것이 글로 가능하겠느냐는 의문을 피력하셨습니다.

그러나 무엇인가 해야 한다는 마음속의 속삭임이 있었습니다.

먼 훗날을 바라보고 새로운 의식의 씨앗을 심는다면 언젠가는 그것이 세상의 들판에 우후죽순처럼 피어나리라는 소망이었습니다.

모든 호흡법은 호흡법이라고 말하는 순간, 어불성설이 됩니다.
그것을 간파한 시골목수님의 의식은 대단한 경지입니다.
이 이론을 설명하기 위하여 사전설명을 좀 하려 합니다.
이 자리에 오신 것이 여러분의 의지로 오신 것이라고 생각하시지만 그렇지는 않습니다. 이것은 대 우주의 법칙으로 오신 것입니다.

호흡은 도구에 지나지 않습니다.
사람이 아무리 호흡을 잘해도 그것의 목적이 세상의 욕망을 위한 것이라면 그것은 진정한 호흡의 메시지를 이해한 것이 아닙니다.

개가 목줄에 매여 주인을 따라 해변을 갈 때, 개는 목줄의 길이만큼 갯벌이나 혹은 반대편의 언덕으로 줄을 끌고 갑니다. 개는 땅을 파거나 벌레를 보고 킁킁거릴 때, 그것이 자신의 삶이라고 생각합니다.
그러나 개는 주인의 의지대로 끌려갈 것입니다.

어린 시절,
저의 꿈은 예쁜 아내와 남들이 부러워하는 직업과 풍족한 돈과 영리한 자식을 두어 남들이 부러워하는 위치에 서는 것이 하나의 신념이었습니다.

여러분들은 어떠하셨나요?
어릴 때부터 도사가 되거나 영성적으로 뛰어난 사람이 되는 꿈을 꾸셨나요?
누구든지 자신의 의지로 이런 꿈을 꾸기는 쉽지 않을 것입니다.

공부만 잘하고 돈만 많으면,
혹은 예쁘고 스펙만 훌륭하면,
이런 것들의 유혹에서 여러분들은 얼마나 자유로우셨나요?
지금 이상한 사람의 이상한 강의를 듣는 것이 과연 여러분의 의지일까요?

왜 호흡법이란 말을 하면 안 되는지,

저는 잠깐 원자의 세계를 들여다볼까 합니다.

저의 과학 상식은 터무니없이 얕아서 개괄적으로 이해해 주십시오.

결국은 그렇습니다.

한 개 전자의 움직임은 두 개의 문으로 동시에 들어옵니다.

이것이 어떻게 가능할까요?

전자가 파동의 형태이기에 이런 형태가 가능합니다.

그러나 전자를 관찰하면 전자는 한 개의 문으로만 들어와 관찰자를 당황하게 만듭니다.

이것은 전자는 관찰하는 사람의 의식에 영향을 받은 것입니다.

우리가 의식하면 파동이 멈추고 입자의 운동으로 변하는 소립자,

그래서 전자를 파동자라고하며 관찰하는 사람을 관찰자가 아닌 참여자라고 합니다.

이것이 현대의 과학에서 제가 아는 수준입니다.

바꾸어 말하면 우리가 무엇을 의식하면 자연스러운 파동의 형태가 부자연스러운 입자의 운동으로 고정되는 것입니다.

이 기초과학 이론으로 호흡의 시스템을 추론하면,

호흡을 해야 한다는 의식을 만들면 우리의 몸은 교감신경의 활성화로 호흡중추가 작동하는 부교감신경의 행위를 축소시키는 결과를 빚습니다.

곧 파동이 입자화되는 것입니다.
호흡을 해야겠다. 라는 의식의 순간 호흡중추의 활동을 사실상 방해하는 형태로 변하는 것입니다.

그래서 우리는 이 의식을 벽을 무너뜨리고 부교감, 혹은 무의지의 호흡을 구현하기 위해서 무엇을 어떻게 할 것인가 하는 문제에 직면하게 됩니다.

병을 낫기 위해서 계속 그 상태를 의식하면 면역체계의 시스템을 의식으로 입자화시켜 오히려 병이 악화되기 쉽습니다.

그래서 우리는 우리의 모든 것을 원래 우주와 자연의 법칙인 파동의 형태를 유지해야 하지만 현대의 삶에서 끊임없이 공격과 방어의 교감신경 활성화로 몸이나 정신이 입자화되는 것입니다.

이것이 스트레스라는 말로 표현되는 것입니다.
우리의 의식을 입자의 형태로 고정시키면 얼굴빛이 검게 비쳐 나옵니다. 탐욕스런 사람들의 얼굴을 떠올리면 금방 무엇인가 떠오를 것입니다.

또 자율의지를 버리고 어떤 신앙이나 의식의 틀에 자신을 온전히 가두면 눈동자가 풀립니다. 눈동자는 끊임없이 파동 하는 빛에 감응하는 기관인데 그것을 의식으로 입자화시키면 눈동자는 흐려지며 검은자와 흰자가 섞이는 현상이 발생합니다. 이런 사람들의 화법은 "누가 뭐라고 그러더라. TV에서는 이렇게 말하는데, 책에는 이렇게 쓰여 있어." 이런 식으로 자신의 감각은 사라진 형태의 말을 하게 됩니다. 생각이 파동이지만 의식이 그들의 정신을 입자화시켜 생각이란 파동을 만들어내지 못하는 것입니다.

또한 환청을 들었다. 환각을 보았다라고 말하는 경우 그것은 대개 뇌의 착란이라고 보아야 합니다.

우울증이 깊어지면 환청이 들리며 환각이 보입니다.

호흡수의 간격을 늘여 극도로 산소공급을 줄이면 뇌가 교란되어 불꽃이 보이거나 환각 같은 경험을 하게 됩니다.

이것들은 우울증과 마찬가지로 뇌의 시스템에 문제가 생기는 현상입니다.

이제 이런 의식의 호흡을 어떻게 하면 피하고 바른 호흡을 할 수 있을까? 하는 명제를 이야기할까 합니다.

그것은 매우 단순합니다.

의식을 속이는 것입니다.
우리가 운동을 열심히 할 때 몸이 숨을 쉽니다.
우리가 콩자루를 들어 올릴 때 숨을 쉬는 것이 아니라 단순히 들어 올린다. 라는 운동의식으로 행한다면 의식은 숨이 아닌 운동의 의식이기 때문에 교감신경을 흥분시키지 않고 들어 올리는 데 집중하게 됩니다.

그 순간 숨이 빨려 들어오는 것을 우리는 볼 수 있습니다.

이것이 부처가 말하는 觀입니다.

다르게 말하면 몸이 숨을 쉬는 것입니다.
부처는 이것을 몸이 원하는 대로 하라, 라는 말로 우리를 이끌어 줍니다.
이것이 '아나파나사티'입니다.

우리가 '도 혹은 명상, 또는 호흡'이라고 부르는 행위로 수익이나 명예를 취하고자 한다면 99퍼센트 사기꾼이라고 생각합니다.

어떤 성현도 이런 것으로 돈을 요구하지 않았습니다.

위의 행위들은 인간의 진화와 변환을 위한 도구이기에 돈을 버는 도구로 생각한다면 그것은 장사꾼의 행위로 전락되는 것입니다.

얼마나 많은 단체들이 종교라는 이름으로 민족적인 혹은 전 지구적인 폐해를 끼치고 있습니까?

그것에는 모든 경우 탐욕의 마가 끼어들었기 때문입니다.

우리가 명상이나 도, 혹은 호흡이라는 명제로 돈을 요구한다면 위의 행위와 전혀 다르지 않습니다.

실제로 우리의 마음이 탐욕스럽다면 호흡은 이루어지지 않습니다.

전편에 말씀드렸던 것처럼 탐욕스럽다면 그것은 우리의 의식을 입자화시킨 대표적인 실례가 됩니다.

그런 상태에서 대우주의 파동에 공명하기란 불가능합니다.

다시 말씀드리면 바른 호흡은 우주적인 의식, 대자연의 법칙에 공명한 것이기에 이런 상태에서 탐욕을 부린다는 것이 가능하지 않습니다.

바른 호흡은 인간을 정화시켜나갑니다.

그 정화의 시간을 우리가 수용한다는 것은 매트릭스 속의 의식에서 벗어나는 과정이기에 결코 탐욕스런 의식과 호흡을 병행할 수 없습니다.

'최초로 콩자루를 만들고,'

이 단순한 일을 해내기란 쉽지 않습니다.

"그것이 무슨 소용이야,"

"난 그런 것이 없어도 그런 상태를 시현할 수 있어."

이런 생각이 제가 말하는 호흡에 접근하기 어렵게 만드는 것입니다.

콩자루가 배 위에 올려지지 않은 상태에서는 의식을 운동의식으로 돌려놓기는 가능하지 않습니다.

비로소 콩자루를 만들고 명문을 밀어 복근과 허리띠근육으로 그 무게를 지탱해 보면 이 말이 갑자기 느껴집니다.

들고 있는 상태에서 우리는 생각을 할 수 없습니다.

그것은 우주와 자연의 파동이 당신의 의식을 지배하기 때문입니다.

그 상태를 수용하고 인정한다면 이제까지 당신을 지배해 온 의식과는 차원이 다른 의식이 피어오른다는 것을 느낄 수 있습니다.

이것이 입자의 의식이 아닌 파동의 의식입니다.

시집스님의 "호흡을 하게 되면 내가 무엇인가 대단한 존재로 착각하게 된다."라는 말에서 우리는 호흡의 효과와 오류의 의식을 동시에 엿볼 수 있습니다.

이 의식은 우리 모두 경계하고 지극히 조심해야 할 의식입니다. 우리의 의식이 강물이 되어 흘러야 할 것을 길을 막은 바윗돌을 빼내고 자신이 그 바윗돌의 위치에서 다시 바위가 되는 우를 범하지 않기 위하여 우리는 끝없이 겸손해야 합니다. 왜냐하면, 지상의 모든 것은 변화하고 파동 해 나가는 것이 진리이며 또한 순리이기에 우리 스스로 변환을 거부한다면 그것은 굳어버린 사물로 결정되기 때문입니다.

발견과 발명이라는 것도 알고 보면 자연이나 우주의 법칙을 이해하고 그것을 이용하거나 인식하게 되었다는 것을 말합니다.

우리가 빛을 파동의 형태로 받아들인다면 새로운 형태의 사고로 세상을 바라보게 됩니다.

제일 먼저 모든 사물이 파동과 공명의 형태로 이루어져 있다는 것을 느낄 수 있게 됩니다.

만약 아카식레코드*가 있다면 그것은 파동의 형태로 우리에게 노크할 것입니다.

호흡운동에서 기와 숨의 길을 반드시 구분해야 합니다.

단전으로 숨을 쉰다는 것은 명문으로부터 오는 장주머니의 압력이 하나의 힘점으로 만들어지는 과정입니다.

여러분이 정말로 단전으로 숨이 쉬어져 단전이나 복부로 공기가 들어온다면 여러분은 곧 죽습니다. 단전이나 복부의 압력들은 에너지의 파동이 힘으로 느껴지는 것입니다.

저도 대단히 고집이 센 사람입니다.

그 고집으로 인하여 30년 이상 고통 속에서 헤맸을 것입니다. 그 첫 번째의 오류가 과학교과서의 폐와 호흡운동의 모형입니다.

'숨을 들이쉬면 횡격막이 내려가고 숨을 내쉬면 횡격막이 올라간다.'

이 단순해 보이는 진실이 오류를 범하게 한 가장 치명적인 믿음이었습니다.

누가 나에게 이런 말을 물었습니다.

"호흡을 잘하려면 어떻게 해야 하나요."

"먼저 교과서의 그림이 오류라는 것을 인정하세요."

그러자 그는 비웃으면서 이렇게 말했습니다.

"아니 교과서를 믿겠소? 당신을 믿겠소?"

저는 웃으며 이렇게 대답했습니다.

"교과서를 믿으십시오."

바른 호흡은 풀무의 운동과 같아서 숨을 내쉬면 횡격막의 압력이 줄어들면서 풀무의 막처럼 돔을 이루며 숨이 들이쉬어지면 횡격막의 압력이 높아지면서 펼쳐지지만 결코 횡격막은 내려오는 것이 아니라 무지개처럼 양쪽 갈비뼈의 끝에 발을 내리고 힘차게 일어서는 것입니다.

호기의 매 순간 횡격막은 긴장을 풀면서 밀려 올라가고 흡기의 매 순간 압력이 높아지며 횡격막이 펼쳐지며 아치 형태로 늑골을 받치며 일어서는 것입니다. 또한 이 횡격막을 움직이는 것은 우리 복부의 장주머니이며 이 장주머니를 움직이는 것은 명문과 복근 그리고 허리띠근육입니다. 이것을 운동행위로 바꾸어 줄 수 있는 행위가 콩자루를 배 위에 올리고 명문을 밀어 들어 올리는 운동입니다.

이 운동의 기술적인 이해는 저의 호흡강의에 그림과 함께 상세한 해석이 되어 있습니다.

호흡을 정심으로 한 사람은 아마도 거의 모든 질병이 완화되거나 치료될 것입니다. 또한 사람의 마음이나 동물의 마음이 읽어지는데 이것은 주변의 파동에 공명할 수 있게 되었기 때문입니다.

그러나 함부로 그런 말을 내뱉는다면 아마도 신들린 사람으로 오해될 것입니다.

또한 그것들을 알았다고 자랑한다면 의식이 곧 입자화되고 둔탁해져서 완고한 고집쟁이로 변할 것입니다.

주인이 개를 끌고 가는 형태에서 주인이 없는 개의 경우를 우리는 아주 많이 볼 수 있습니다.

먹고 자고 싸는 욕망의 지수로 삶을 계산하고 그것만이 오직 삶의 목적이라고 믿는 경우입니다.

여러분들은 그렇게 생각하지 않으시겠죠?

그 사람들에게 호흡을 이야기하면 얼마나 웃겠습니까?

"그게 뭔데."

"그딴 것이 무슨 가치가 있어?"

신이 여러분들을 인도하고 있기를 저는 간절히 소망합니다.

그것이 선택이라는 명제이기도 합니다.

심장에 혹은 DNA에 혹은 송과체**에 그 코드가 있기를.

인간의 진화가

더 잘사는 것이 아니라

더 높은 파동의 형태

더 유연한 변환의 형태

더 전체를 이해하는 공명의 확장이 진화입니다.

우리는 많은 사람들이 호흡이라는 도구로 명상이나 수련을 했을 때,

건강해져야 할 결과가 오히려 반대의 결과를 빚는 경우를 수없이 보셨을 것입니다.

어느 호흡법의 한 수행자가 신의 경지에 이르렀다고 말하며 수많은 알약을 먹고 있는 것을 보았습니다. 이것이 우리나라에서 호흡 수련을 정심으로 했다는 많은 사람들이 처해있는 현실입니다.

부교감신경의 자리를 의식이 차지하고 우리의 면역체계와 자율신경계를 무력하게 만드는 의식의 수련, 이 함정에서 용기 있게 탈출할 수 있기를 소망합니다.

진정하게 여러분이 호흡한다면 지구가 마치 어머니의 요람처럼 느껴질 것이며 무리에서 나와 지구와 나라와 민족과 이웃

을 위하여 무엇인가 행할 것입니다.

저는 지금 이 순간,

여러분들이 사랑이 무엇인가 이해하고 아주 작은 것이라도 실천하는 것이 호흡의 진정한 이해라는 것을 말해 주고 싶습니다.

민족의 정기와 착하고 선한 이웃들과 늘 우리를 감싸고 위로하는 어머니지구를 아주 조금이라도 위로하는 시간이었기를, 부족한 사람의 파동에 공명해 주신 여러분들에게 진정한 행운이 함께 하기를 기원합니다.

여러분의 심장에 제 진심이 파동 하리라 믿습니다.

* Akashic Records, 신비학(오컬트)에서 우주와 인류의 모든 기록을 담은 초차원의 정보집합체를 가리킨다. 아카샤 연대기라고도 하며, 허공록虛空錄이라고 번역하기도 한다.

** 솔방울 샘, 좌우 대뇌 반구 사이 셋째 뇌실의 뒷부분에 있는 솔방울 모양의 내분비 기관. 생식샘 자극 호르몬을 억제하는 멜라토닌을 만들어 낸다.

루를 추억하며

나는 오래전에 한 소녀를 만났는데 그날이 오면 우리가
다른 별로 갈 것이라고 말해 주었다.

그가 "루"이다.

그 일에 대한 판단은 오직 당신에게 맡긴다.

어떤 일이 있어도 희망을 버리지 말아야 하며 진정한 소
망은 우리를 구원할 것이다.
글을 읽는 당신에게 등대 행성의 "루"를 대신해 감사의
인사를 드린다.

달빛이 얼어붙고 움직이는 모든 것들이 잠든 시간
사물들은 춤추기 시작한다.

ꑦ꒬ꑦꑤꑥꑦꑧꑨꑩꑪꑫꑬꑭꑮꑯꑰꑱꑲꑳꑴꑵꑶꑷꑸꑹꑺꑻꑼꑽꑾꑿ

아름다움을 사랑하는 이는 아름다움의 독에 취한 이이다.
그것은 꽃이 되어 가슴속에서 불타오른다.

도시에 늑대의 애잔한 울음이 가득한 밤이 오면
그 독의 열기로 나는 춤춘다.

146

보름달이 떠오른다.

사람이여, 가면을 벗고 이리 나와 춤추자.

이지러진 순수와 본능의 춤.

잃어버린 자유로의 회귀

나는 춤춘다.

잃을 것도 간직할 수도 없는 지상의 향기에 취하여

꿈꾸듯 춤을 춘다.

죽음보다 더한 갈망이 그대 가슴에 살아

남아있는 삶을 재촉하면,

환상처럼 갈망의 실체가 나타난다.

더 이상 참을 수 없을 때
너는 나를 기억 할 것이다.

싸늘한 바닷물은 무릎을 파고들고
나팔을 불기 시작했다.

어린 누이동생들은 차가운 방에서
움츠린 손발로 오늘도 꿈꾸리라.
바람은 바위틈에 잠든 나에게 자장가를 부르고
별빛이 내리는 해변은
신비한 물결이 보석처럼 뒹군다.

ᛟᛜᛁᛈᛚᛉᛋᚷᛤᛂᛞᛃᛦᛋᚷᛜᛘᛜᛠᛒᛜᚷᛜᛋᛋᛞᛘᚷᛃ
ᛠᛘᛜᛘᛜᛤᚷᛜᛦᛤᚷᛜᛚᛈᛉᛋᛜᛂᛋᛞᛃᛦᛂᚷ

일어나라 나의 사랑이여.
외로움의 장막에 안겨 잠든 이여.

그대는 누구인가?
나는 그녀의 눈을 보며 물었다.

나는 '루'야
'왜 나를 깨우는 거지?'

네게 꼭 전해야만 할 말이 있어.
잠깐 동안 나는 혼란에 빠졌다.
말하지도 않았고 잘 보이지도 않았다.
그런데도 정확하게 목소리가 들렸다.

바닷가의 작은 포도밭을 지나
일제강점기에 폐광이 된 광산 앞으로 갔다.
그곳은 구리를 캐낸 돌들이 동산처럼 쌓여 있고 입구의 반은 물에
잠겨 있었다.

150

나는 낡은 트롬본 케이스를 곁에 두고

그녀와 나란히 앉았다.

멀리 항구에는 불빛이 보이고 배들은 꿈결처럼 서 있었다.

그녀는 내 눈을 쳐다보며 잔잔한 눈으로 말하였다.

별들이 그 눈 속에 있었다.

'너는 나팔을 잘 불지 못해
그것에는 여러 가지 문제가 있어

네 꿈과 네가 부는 나팔의 언어가 달라
그것을 네 언어로 가져오려는 노력은 부질없어.'

나는 마음속으로 그렇다고 수긍하였다.
나는 좀 더 애절하고 날카로운 음색이 필요하였으며
현란한 기교를 그리워하였다.

'네 입술모양은 이해되어진 것이 아니라
강요되어진 것이기 때문에 구속된 소리를 내고 있지'

루가 이야기를 하는 동안
그녀를 천천히 살펴보았다.

어디서 왔을까?
광산 너머 있는 몇 개의 오두막에서 온 걸까?

그럴지도 모르지. 갈 곳이 없는 사람들이 가끔 바닷가에 움막을 짓고 사니까.

그녀의 흐트러진 머리카락 사이로 이마가 맑게 빛나고 별빛이 가득한 눈동자는 어린소년 같은 다정함이 느껴졌다.

문득 물었다.
'넌 왜 왔니?'
'네게 사랑한다 말해주려고.'

싸늘한 바람이 우리들 사이로 빠져나갔다.
파도는 작은 물방울을 손과 발에 던지며
그가 우리 곁에 있음을 알렸다.

그녀는 말했다.
'믿지 못하지, 내가 너를 사랑한다는 말
넌 사랑이 무엇인지 몰라.'
사랑이라고. 그녀가 우스워졌다.
'어리석은 사람은 누군가 자기를 진정으로 사랑한다면 그를 업신여
기지.'

'루야 너는 나그네니.'
그녀는 가볍게 웃었다.

'우리는 아무도 나그네가 아니야

단지 나그네로 살아야 할 필요성을 지닌 것뿐이지.'

잘 이해하지 못할 말들을 들으면서
돌아가신 어머니를 생각하였다.

어디로 가신 걸까?
어머니가 밤새 깐 조가비는 바다에 가라앉아
밤마다 내 가슴에 진주로 자라는데.

'누구든지 지상의 삶은 공부야.

이 별을 떠나면 또 다른 별에서 공부하겠지.

우리는 아무도 소멸하지 않아.

단지 그의 삶에 알맞은 다른 별로 떠나갈 뿐이야.

밤하늘에 별을 바라볼 때,

무엇인가 그리운 이는 그의 고향이 다른 별이기 때문이지.

지상이 고향인 이는 별을 보고 그리움을 느끼지 않아.

그런 사람들의 영혼은 그리움을 공부하기 위하여 지구에서 아주 먼

별로 이주가 시작되지.

그립다는 것은 누군가에게 무엇인가 나눠줄 수 있는 힘이야.

… …

그래서 너무도 절실한 그리움을 느끼는 이들은

스스로 이 행성을 떠나 또 다른 행성으로,

그의 탄생지가 가까운 별로 가는 것이지.'

나는 집으로 돌아가고 싶었다.

늦가을의 추위는 천천히 뼈를 저미며

마지막 남은 에너지를 고갈시켰다.

그녀는 손을 내밀었다.

'무엇인가 그리우면

별들이 반짝이는 이 해변으로 와

우리는 다시 만날 수 있을 거야.'

그녀의 손은 지극히 부드럽고, 약한 온기만 느낄 수 있었다.

내 손을 잡은 그녀는 천천히 숨을 들이켰다.

꓿꓾ꓑꓡꓱꓳꓫꓼꓤꓤꓢꓲꓥꓭꓽꓮꓼꓼꓺꓩ꓿꓾

꓾ꓣꓭꓼ꓾ꓲꓡꓱꓽꓣꓩꓪꓑꓡꓳ꓿ꓼꓼꓲꓩꓱꓼꓼ

집으로 돌아와서 곰곰 생각하였다.

며칠 전 커다란 붉은 유성이

해변에 떨어지는 것을 보았지만

아무런 흔적도 없었음이 기억되었다.

그녀는 별에서 온 것일까?

왜 어려 보이기도, 성숙해 보이기도 하는 걸까?

할머니는 찬방에서 살을 썩히며 누워 계셨고

아버지는 술에 취해 잠드셨다.

누구도 우리를 찾아오지 않았다.

해변을 따라 조개껍질을 밟으며 교회에 이르렀다.

무엇을 기도할까?

나는 엎드렸다.

사람들은 무엇인가 열심히 회개하고 구하였다.

차가운 바람이 늙은 소나무 위로 넘어가고,

나팔을 들고 몇 개의 작은 어귀를 돌아 나의 해변에 나섰다.

이것이 나의 일상이며 구원이다.

（一連の記号）

한동안 루를 보지 못하였다.

동네에는 새벽에 불이 나 다급히 방송을 하였지만

이웃집 사람들만 나와서 불을 껐다.

나는 어른들의 거짓을 알기 시작하였고

동네 길을 넓히는 막일에 참여하여 몇 밤을 코피로 속옷을 적셨다.

'루야

무슨 기도를 해야 할까?'

'사랑의 마음을 가지게 해달라고 기도해.

기도는 그 이상도 이하도 아니야. 기도는 바람이 아니며

평화의 실천이야.'

'목사님은 기도하면 하느님이 다 이루어 주신다는데.'

'기도가 무엇인지 모르는 이들의 기도가 이루어지면 이 세상은 어떻

게 될까?

그건 지옥이지,

명심해. 기도는 사랑의 마음을 실천하는 것이야.'

그녀를 이해할 수 없었다.

'루야

너는 어디서 왔니?

그녀는 손을 들었다. 밤하늘에 반짝이는 작은 별 하나를 가리키면서.

'네가 몇 삶을 더 공부하면 나의 별로 올 것이야.

그 별은 지상의 언어로 나그네의 등대라고 불리는 별이지.

우리는 그냥 등대행성이라고 불러.'

루의 이상한 이야기를 이해할 수 없었지만 그녀를

만나는 동안 무척 평온하였고 정화되는 느낌을 가졌다.

학교에서는 내게 늘 무엇인가를 나누어주는 영대라는 친구가 있었다. 그는 훗날 법과대학 합격을 버리고 향연이란 이름으로 속세를 등졌다. 그는 무엇이든 내게 주었고, 모두들 불기 싫어하는 수자폰*을 아름답게 불었다.

* sousaphone, 행진용 악기로 군악대나 행진용 밴드의 가장 뒤에 배치되며 금관 악기 중 가장 낮은 음을 내는 악기.

'루야

왜 우리는 다른 꿈을 꾸는 거니.'

바람이 좀 더 차가워진 초겨울,

떨면서 그녀의 눈을 보았다.

'지배를 꿈꾸는 이는 권력을,

사랑을 꿈꾸는 이는 예술을,

행복을 꿈꾸는 이는 손의 노동을 즐겁게 생각하지.

이것은 지구인의 학습단계이며 이 한계를 극복하는 이들은

다음 생에 다른 별에서 탄생할 거야.'

먼 데 뱃고동이 낮게, 낮게 울리고

별 볼 일 없는 트롬본 실력은 신통한 연주를 못하였다.

그는 내 연주를 들으면서 가만히 웃고 있었다.

'떨지 마. 그것은 호흡이 잘못되고 있는 거야.

숨쉬기는 가장 자연스럽고 완벽한 형태의 운동이지.

몸 전체가 연결되지 않는 것은 호흡의 미로현상 때문이야.

건강한 아기의 숨쉬기를 보고 배워.

그것이 완전호흡이야.'

바닷가에서는 가두리 그물로 멸치를 잡았다.

멸치들은 은빛 몸을 비틀면서 울었다.

아무도 그런 소리를 듣지 못하였다지만

나는 멸치들의 마지막 울음을 들었다.

멸치그물을 끌어 올릴 때,

귀 기울여보라.

그대는 잠 못 이루리라.

달 밝은 밤.

루는 천천히 춤을 추었다.

별빛에서 은빛 실들이 루와 연결되어 있었다.

손을 따로따로 올려서 커다란 원을 들고 돌리는 듯한 춤이었다.

춤을 추면서 루는 처음으로 소리를 냈다.

그것은 휘파람이었는데 멜로디언처럼 들렸다.

끊임없는 배음으로 빠르게 시작하여 차차 느려져 갔다.

빛나는 실들이 그녀를 감싸고 있었고

그 빛은 공중으로 천천히 떠오르기 시작하였다.

춤이 끝난 후 그녀의 제비꽃 같은 치마 앞에 무릎을 꿇었다.

신비한 눈과 보석처럼 빛나는 이마,

가는 손발들은 지상의 아름다움이 아니었다.

별빛이 내리는 그녀의 뺨에는 알 수 없는 눈물이 흘렀다.

추워서 더 이상은 바닷속에서 나팔을 불 수 없었다.

게을러지지 않기 위한 행위도 무력해지고 바람도 거칠어졌다.

에너지가 평상시에도 고갈되어 동네사람들은 내 얼굴이

굉장히 초라해 보인다고 쑤군거렸다.

몸이 허해서 헛것을 보고 다닌다는 소문이 파다했으며

소녀들은 내가 너무 굶어 미쳤다고 킬킬거렸다.

아버지는 때때로 어디에선가 쌀을 한 됫박씩 얻어왔다.

이즈음 언제 루를 만났는지 점차 희미해져 갔고
그녀의 이야기도 정확히 듣지 못했으며 그냥 멍한 상태를
되풀이하기 시작하였다.
단지 루가 돌아가야 할 때라고 전한 기억만 남아있었다.

산에 나무를 하러 자주 갔는데

순전히 북쪽으로만 향한 산꼭대기공동묘지가 내 나무 터였다.

때때로 피곤해지면 무너진 황토구덩이에서 잠을 잤다.

산을 넘는 날카로운 바람소리와 바위에 매달린 번쩍이는 얼음덩이들이

위안이 되어주었다.

사람들이 마주치면 흘깃 쳐다보고 고개를 돌렸다.

그러나 나는 행복하였다.

루와의 추억. 황토구덩이

이런 비밀이 나를 웃으며 다니게 만들었다.

'비밀을 간직하는 것은 마음속에 희망이 살아있는 것이야.

루의 말이 떠올랐다.

교회에서 크리스마스 연극을 하였다.
탕자의 비유였는데 탕자는 구원받았으며
신실한 형은 나락으로 떨어졌다.

그리고 그해 겨울이 갔다.

20년이 지난 지금

외롭고 힘든 밤이면

그녀가 가리킨 별자리를 바라다본다.

루의 별에 푸른등대가 반짝 거린다.

사람들 속에서 충격되는 거친 에너지파동으로부터 자신을 지키기 위하여 오른손으로 심장을 보호하라.

고요한 시간 속에서 자신을 위로하고 사악한 파동으로부터 거리를 두라.

감정적으로 부담을 주는 상황에서 자신을 격리시키는 훈련을 하라.

왜냐하면 무의식적으로 그들의 에너지파동에 공명되어 스스로를 파괴시킬 수 있으며, 그것은 분위기와 주변인들로부터 억압된 에너지로 증폭되어 위기상황을 만들고 또 펜둘럼의 형태로 당신을 옭아맨다.

그 상태의 지속은 아비규환의 의식이 당신을 지배하는 순간이 된다.